小学館文庫

祇園「よし屋」の女医者
母子笛

藤元登四郎

小学館

目次

祇園「よし屋」の女医者　母子笛《ははこぶえ》

主な登場人物

月江《つきえ》　祇園の茶屋「よし屋」の家娘。小島源斎にあこがれ、女医者を志す。
喜久江《きくえ》　月江の母。宝暦元年（1751）から50年以上続く茶屋「よし屋」の女将。
須磨《すま》　よし屋一の売れっ子芸子。
小島源斎《こじまげんさい》　小島療治所の医者。五代続く古方派の家柄。喜久江の幼馴染み。剣術好き。
八重《やえ》　薬も扱う源斎の助手。独身。西洞院の松原にある表具屋の娘。
紀市《きいち》　京でも指折りの呉服屋「国富屋《くにとみや》」の主。気鬱に悩んでいる。
妙香《たえか》　紀市の内儀。実家は大坂の廻船問屋「船渡屋《ふなとや》」。
篤次《とくじ》　「国富屋」の大番頭。
松志摩《まつしま》　祇園の元芸子。喜久江とは顔馴染み。笛の名手。
久仁之助《くにのすけ》　松志摩の息子。遊び人ふうの優男。
ふく椿《つばき》　本名はお春。祇園のお茶屋「ふく内」の舞子。笛上手。
ちどり　ふく椿ことお春の母。魔王流の笛の奏者。
峰幽雪《みねゆうせつ》　ふく椿が通う、白川沿いに稽古場を構える笛の師匠。
喜兵衛《きへえ》　京は室町の両替商「大確屋《だいとみや》」の主。

第一章　梅の香

一

「月江《つきえ》さん、先生がお呼びです」

八重《やえ》が声をかけてきた。

月江は医書の書写をやめて立ち上がった。

療治所の待合の間には大勢の患者が座っている。師走も半ばを過ぎて、あわただしい空気が張り詰めていた。

診察の間に入ると、源斎《げんさい》は眉の太い四角な顔の男と話の最中だった。

「お困りのことは承《うけたまわ》りました。たいそう込み入った事情のようですな。詳しくおうかがいしたいところですが、ご覧のようにお待ちの方々が多くて……」

源斎は月江の方を向いた。

「細かいことはこの月江に話していただけませんか。書面にしたためさせて、後でゆっくり読ませていただきます」

「はい、それでは明日の往診、よろしゅうお願い申し上げます」

男は何度もお辞儀をした。

月江は男に向かって、

「どうぞこちらへ」

と別室に案内した。


月江は机の前にある座布団を勧めた。

「先生のご指示で、お話を書かせていただきます」

「至りませんけど、何なりとお聞きください」

男はぺこぺこと頭を下げた。月江は恐縮しながら、

「お名前とお仕事、それからお手数どすけど、今日、ご来所なさった事情をお聞かせいただけませんか」

と型どおりに訊《たず》ねた。

男は早口だった。

「手前は、室町《むろまち》の国富屋《くにとみや》の大番頭の篤次《とくじ》と申します。実は手前どもの主《あるじ》のことでご相談に参上した次第でございます」

立て板に水を流すとはこのことだった。月江はほっとした。無口な人だと往生《おうじょう》する。

「国富屋は京はもちろん江戸にも出店《でだな》がございまして、少しは名の知られた呉服屋でございます。手前も幼き頃より丁稚《でっち》奉公いたしまして、主の紀市《きいち》様に目をかけてもらい、ここまでまいりました。旦那《だんな》様は大恩人でございます」

篤次は口元をゆがめた。

「ここからどう申し上げてよろしいか……旦那様がこの三月《みつき》ほど前から、寝込んでしまわれたんです。お内儀《ないぎ》様も心配されまして、名の通った先生にも診《み》ていただきました。身体《からだ》の方は特におかしいところはないということで、では気病《きや》みかといろいろ薬をいただきましたが、はかばかしくありません。とどのつまり、何かのたたりかもしれへんということで、お祓《はら》い、祈禱《きとう》などもしましたけど、やはり効き目はございませんでした」

篤次は溜息《ためいき》をついた。

「すっかり困り果てておりましたところ、たまたま御幸町《ごこまち》の源斎先生がたくさんの不治の病を治してこられたという噂《うわさ》を耳にいたしました。早速、お内儀様の代理として、お願いに参上した次第でございます」

「どんな具合でいらっしゃいますか」

書きながら月江は訊ねた。

「とにかく元気がございません。何かお悩みがあるのか、うなだれて悲しそうな顔をしておられます。以前は朝早《はよ》うから店に出て、大声で店の者を叱咤《しった》しておられたものでございます。今ではお声も小さくなって、ようやく聞き取れるくらいです。部屋に引っ込んだままで、まるで人が変わったと申しますか……。

お内儀様が絶えず付き添っておられます。お話をお聞きしますと、いつもだるそうに横になっておられて、励まして無理やり起こしても、長続きされません。夜も眠れないご様子で、ずっと目を開けて天井を見ておられるとか。それに、お食事も召し上がろうとされません。無理にお勧めして、ようやく箸をつけられるだけでございます。話しかけても返事もなさらず、たまに答えられても、『かまわんといてくれ』とか『わしはもうあかん』とか『死にたい』とか口にされるばかりで……。涙を流しておられることもあるそうです」

篤次は続けた。

「十日ほど前のことですが、やむをえぬ用事で枕辺《まくらべ》に参りました。張りのない声で、『手を広げすぎた』とか、『罪を犯した』とか、挙句の果ては『わしは長《なご》うない。後を頼む』と……」

篤次は声をつまらせた。

「ここに参上する際に、直接『今から御幸町の源斎先生のところに往診をお願いに参ります』と申し上げました。すると『ほっといてくれ。わしのような罪人は首を切られた方がええんや、これ以上生き長らえとうはない。無駄なことはせんといてくれ』とささやかれました。身を切られる思いでした。

『旦那様がいらっしゃらへんかったら、奉公人は店の切り盛りをどうしたらええのかわからへんやないですか。早《はよ》う元気になってください』と申しますと、『葬式はせんでええ』などと……」

篤次は絶句して首を横に振った。

月江は筆を持ったまま次の言葉を待った。

篤次は顔を上げた。

「ともかく、旦那様に元気になってもらわへんかったら、手前どもはどうしていいかわかりません」

月江が訊ねた。

「お元気な頃はいかがでございましたか」

「ああ、源 義経《みなもとのよしつね》のごとくと申しますか、思いも及ばぬ思いつきをされて、江戸にも続々と新しい品を送り込まれました。たちまちのうちに江戸を席巻《せっけん》いたしました」

声は勢いを取り戻した。

「元気な頃は夜が明けると同時にお店《たな》に出て、夜更けまで働いておられました。几帳面《きちょうめん》なお方で、品物の動きはこまごましたものまで帳簿に記しておられました。私どもの帳簿も点検されて、少しでも漏れや間違いがあると、ひどく叱《しか》られたもんでございます。そればかりではありません。店の掃除でも、部屋の隅々から押入れの中まで、塵《ちり》ひとつなくきれいにせんとあきませんでした。

まあ、こう言ってはなんですが、あんなにお金持ちですのに、信じられへんほど吝《りん》嗇《しょく》でございました。お金を出すときには、ほんの少しでも根ほり葉ほり訊ねられます。考えてみますと、店がここまで大きなったんは、吝嗇に徹《てっ》さはったからですなあ」

篤次は苦笑いを浮かべた。

「大番頭と申しましても、手前はただ旦那様の命じられるままに動くばかりでございました。ところがあんな風になってしまわれると、全部私がせんとあかんようになりました。最初の一月《ひとつき》ほどはこれまでの勢いで走れましたが、二月《ふたつき》したらどうしようもなくなりました。この先どうしたらええもんか……」

「紀市様がこうならはったんは、何かきっかけでもあったんどすか」

月江が訊ねた。

首を捻《ひね》ると篤次は口ごもった。

「それがお内儀様ともいろいろ話したんですが、これと言って思い当たる節はないのでございます。商売は大繁盛、大蔵にお金はたまる一方、さらに蔵を建て増ししようかという話まで出ていたくらいで……」

「お内儀様との仲はいかがでございますか」

「傍《はた》から見てもうらやましいほどの仲睦《むつ》まじさでございます。一心同体と申しますか、いつも一緒に店に出て働いておられました。店がここまで繁栄したのも、半分はお内儀様の功と申し上げてもいいかもしれません。お内儀様は、奉公人の面倒もよく見られますし、旦那様に叱られた手前どもを、裏でそっと慰めてくださったりもします」

話が途切れた。

「以前にこんなふうに元気がなくなられたことはなかったんですか」

篤次は考え込んだ。

「ご機嫌のええ時と、悪い時はありました。悪い時にはなるべく近づかへんようにしておりました。こっぴどくお叱りを受けますさかい。その激しさと言うたら……男泣きに泣いたことが何度もございます。けど、あんなふうになってしまわれますと叱られてた方がずっとましやったと思います。

そうそう、ご自分でもいらいらされる時はおわかりやったんではないでしょうか。そんな時は嵐山《あらしやま》の別邸に行かれておりました。お内儀様も連れんと、たった一人でお過ごしでした。留守中は手前が代わりをしましたが、ほんの二、三日のことでございます。お内儀様にお頼りしてやりくりいたしました。それでもどうしようもなくなると、お叱りを受けるのを覚悟で別邸にうかがいに参ったこともございます」

篤次は一瞬考えてから、顔を上げると、

「ある時、打ちひしがれたと申しますか、顔がゆがんでおられることがございました。まるで泣いた後のように目の周りも腫れていらっしゃいました。その時は女中も誰も寄せ付けず、一人で過ごしておられたようです。けどまた数日して、お店にお顔を出された時は、元気いっぱいでございました。そういえば、今のお顔もあの時と似ておりますなあ」

篤次は黙り込んだ。

「これで間違いはございませんか」

月江は話を書きとめると、帳面を差し出した。

篤次はそれを覗《のぞ》き込み、指でなぞりながら読み返した。

そして、「はい、間違いございません」と肯《うなず》いた。

二

国富屋から迎えの駕籠《かご》が来た。

(これは勝手が違う)

月江は豪華な駕籠に揺られながら嫌な予感がした。

降りると雨まじりの愛宕《あたご》おろしが吹きつけた。

べんがら格子の前に篤次と並んで三十四、五の女が立っていた。藍染の小袖《こそで》姿で髪を後ろで束ね、白粉気《おしろいけ》はない。目の下に隈《くま》ができているが、むしろ持ち前の白い肌が美しさを際立たせている。

女が源斎の方に歩み寄った。

「わざわざありがとうございます。妻の妙香《たえか》でございます」

響きのいい艶《つや》のある声だった。源斎は一瞬妙香に見とれ、息を呑《の》んだように見えた。

枡形《ますがた》の中に富の字を染め抜いたのれんを妙香が先にくぐり、たくし上げると源斎らを迎え入れた。

店は幾人もの買い物客で賑《にぎ》わっていた。店土間のすぐ右側は一見《いちげん》の客のための畳敷きで、衣桁《いこう》にずらりと色とりどりの着物が掛けてあった。その奥に上客用らしい広間が見えた。

店土間の奥の引き戸を開けると通り庭に続く土間があり、右手が玄関だった。

玄関を上がると正面にかわいらしい坪庭が見えた。灯籠《とうろう》の傍らに棕櫚竹《しゅろちく》が植えられ、その下の地面をきれいな苔《こけ》が覆っていた。

案内されるまま、暗くて長い廊下を進んだ。見事な材木を使った屋敷の造りにもかかわらず、どの部屋も華美な調度品はなかった。月江はしばしば源斎のお付きでお金持ちのところに往診に行ったが、必ず高価な美術品で飾りたてられていたものだった。

紀市は次の間の先の座敷の真ん中に敷いた分厚い布団に、まっすぐ仰向《あおむ》けに寝ていた。妙香が顔を近づけた。

「怒らんといておくれやす。源斎先生が往診にお見えになりました。きっと治していただけまっせ」

「余計なことをして」

目を閉じたまま小さな声で言うのが聞こえた。

妙香に代わって源斎が枕辺に座った。月江は源斎の横に座った。

「失礼します。おかげんはいかがですか」

源斎が鷹揚《おうよう》に訊ねた。聞こえているのかいないのか、紀市は身動《みじろ》ぎもしなかった。

源斎の肩越しに妙香が、

「わざわざお忙しい中をお出で下さったんどっせ」

と呼びかけた。

やはり何の返事もない。

源斎はもう一度、紀市の耳もとに顔を寄せて同じ問いを繰り返した。紀市はうっすらと目を開け、頭を左右に振った。

「無駄です」

ようやく聞き取れた。

源斎が脈をとった。月江は、

「先生が診察されますさかい、堪忍《かんにん》どすえ」

そっとかけ布団をはぐり、帯を緩めて腹を出した。紀市はなされるままだった。

源斎は念入りに腹診《ふくしん》した。

「お薬を差し上げます。飲んでみてください」

耳元で言ったが返事はなかった。

診察後に移った中の間も、床《とこ》に古びた掛け軸がかかっているだけで殺風景だった。

妙香は正座すると目を閉じた。涙を抑えている風だった。

おもむろに目を開けると話し出した。

「半年ほど前から口数が減り、そのうち夜も眠れんと、ご飯も召し上がらへんようになりました。

初めに診《み》ていただいた亀山《かめやま》先生のお話では、『どこも悪いところはない、仕事のし過ぎだから休めば回復する』とのご診断でございました。お薬などいただきましたが、一向にようなる兆しも見えません。やがて仕事もされなくなりました。亀山先生には毎日往診に来ていただきましたが、そのうち『これほど手を尽くしてもよくならないのだから、何かのたたりではないか』と匙《さじ》を投げられました。お祓いや加持祈禱《かじきとう》もさっぱり効き目がありませんでした。とうとう起き上がる力もなくなって、寝込んでしまわれました。

今は時たま、かすかな声で『悪行を積んだ……報いが来た……』というようなことを、切れ切れに申しております。なるべくおそばについて励ますようにしておりますが、私のいないときは、こっそり枕を濡《ぬ》らしておられるようでございます」

妙香は源斎を見つめ、

「源斎先生が荻野屋《おぎのや》の小雪《こゆき》さんを治さはったということをお聞きしました」

と言って、手を合わせた。

小雪は室町の生糸問屋の娘で、狐が憑《つ》いたと座敷牢暮らしをしていた。それを源斎と月江が八方手を尽くし、重篤の気病みから救い出したことがあった。

「なにとぞ、助けて下さいませ」

妙香が手を解《と》くと、源斎が訊ねた。

「こうなる原因のようなものはございませんでしたか」

月江は隅に座って二人の会話を帳面に書きつけた。

「はい、いろいろと考えたことはございましたが、これと言ったことは思い当たらへんのでございます……」

妙香は首を捻った。

「そうですか」

源斎はうなずいた。

「何か悩みがもとで起こっているように思います。どんな人でも悩みがあれば、気が滅入《めい》って寝込むことがあります」

「悩みがわかったら治るんどすか」

「治るやもしれません。だが、本人さえも悩みが何かわかっていないのかもしれません。わからない悩みをどうやって探しだすか、これは難儀なことです」

「先生、どうしたらよろしいでしょうか」

「しばらく通わせていただいて、診察してみます。次第にわかって来ることもあるでしょう」

源斎は出されたお茶を飲んだ。

「ところで、お内儀様のことをお話しいただけませんか」

「それと今の病気とどんな関わりがあるんですか」

妙香が表情を硬くした。

「医者は疑《うたぐ》り深いものです。まさか、というところに病気の原因が隠れていることもあります」

妙香は考え込むような顔をした。

「失礼なことをお訊ねしますが、ご亭主はお内儀様と相当歳が違うようにお見受けしますが……」

「はい、嫁いで参りました時、旦那様は四十歳、私は十八歳でした」

言いながら少し顔を赤らめた。

「ご一緒になられたきっかけは」

妙香は気の進まない様子で、

「父は大坂で廻船《かいせん》問屋をしております。船渡屋《ふなとや》といいます」

「有名なお店ですな。父上のお名前は聞いたことがあります」

妙香の沈んでいた目が輝いた。

「ありがとうございます」

それから流暢《りゅうちょう》に話し出した。

「父は旦那様のお父様と懇意にさせていただいておりました。二人とも江戸に進出することを目差しておられたようです。ある時、国富屋の呉服を船渡屋の船で江戸に運ぶという話になりました。

その頃、旦那様は一人身でございました。私は三番目の娘、嫁入りの年頃でございました。父親同士の間で婚儀の話が進んだのでございます。もちろん私は、喜んで父の考えに従いました」

源斎は煙草盆を所望すると、煙管《きせる》に火をつけ、一口吸って妙香に目をやった。

「嫁に参ります時、父から、私のせいで国富屋が左前になったなどと言われへんように、気を引き締めて努めるよう言い渡されました。そんなことでここに嫁ぎましてから、毎日朝早くから夜遅くまで、旦那様とお店に出ました。食事する暇《いとま》ものうて、仕事の合間に一緒にお茶漬けをかきこむような有り様でした。話も仕事のことばかりでした。仕事のことで言い合いみたいなことはしましたけど、喧嘩《けんか》をしたことなど一度もございませんでした。

　それから旦那様は江戸の出店に大番頭としてまいりました。私もついて行きました。少しすると、滞っていた出店の売り上げも伸びはじめました。江戸の生活は楽しゅうございました。旦那様も『お前がいると、やる気が出る』と言うてくれはりました。私はこんなええ旦那様に巡り会えて何と幸せなんやろう、と感謝したものでございます」

　妙香は目を閉じ、唇を結んだ。

「九年前、お義父《とう》様が病に臥《ふ》せられ、旦那様と一緒に京に戻ってまいりました。最期に私を枕辺に呼ばれて『ありがとう。紀市をよろしゅう頼む』と言われました。商売の方はおかげさまで繁盛し、私が参りました頃に比べますと、国富屋は倍の大きさになってございます」

妙香は言葉を切った。

「他にお聞きになりたいことはございますか」

「いえ、大変参考になりました」

「旦那様の枕辺に付き添っておりますと、『こんなことになってすまん。お前に申し訳ない』と涙を流されます。逆に私まで、自分に何か落ち度があったんやろか、と悩んでしまいます。一緒に泣いております」

妙香は付け加えると、懐紙《かいし》を目に当てた。

源斎が訊ねた。

「ずっと付き添っておられるのですか」

「もちろんでございます。朝から、できる限り夜も横に寝て様子を見ております。旦那様は私がついていると安心されるのです。旦那様のお悩みは私の悩みどす」

「お店に出てはおられないのですね」

「はい、仕事どころではございません。お店は大番頭がようやってくれてます。今考えることは、旦那様にご飯を食べていただくことばかりでございます」

源斎は黙り込んで庭の方を眺めた。

煙管をとんとはたいた源斎がやおら口を開いた。

「実はお願いがございます。誠に言いにくいことですが……」

「何でございますやろ」

「しばらくの間、付き添うのをやめていただけませんか」

「えっ」

妙香は目を丸くした。

「ああ先生、何と殺生《せっしょう》なことを……旦那様は片時たりとも、放っておけまへん。私がいんとますます悪うなってしまわはります」

と声をはりあげた。

源斎はなだめるように言った。

「要はご亭主に元気になっていただきたいのでしょう」

「私らは固めの杯《さかずき》を交わしてから、片時も離れたことはございません。こんな風に具合が悪うなった時やからこそ、お傍《そば》にいてお助けせんとあかんのどす」

傍で聞いていた月江はいたたまれなくなったが、席を立つわけにもいかなかった。

源斎は穏やかに続けた。

「それはお内儀様の一方的なお気持ちにすぎません」

妙香は不満そうに口を尖《とが》らせた。

「ご亭主はお内儀様を見るたびに、『申し訳ない』という気持ちになっておられると推察いたします。さらに励ますような言葉は禁句です」

「ご亭主も頑張りたいと思っておられるでしょう。だがどうしてもうまく行かないのです。お内儀様に励まされれば励まされるほど負い目が大きくなって、もう駄目だという気持ちが強くなるものと考えられます」

妙香はふくれ面をした。

「私のせいで、具合が悪うなられると言わはるんですか」

「いやそういうわけではございません。私が申し上げたいことは、適切に対応した方がよろしいということです」

「どうしたらよろしいんどすか」

源斎はなだめるような口調で言った。

「ご亭主を一人にしておいてあげてください」

「お食事はどうすればええんですか。私が食べさせへんかったら、お食べにならしまへん」

「誰か、気の利いた女中さんでもおりませんか」

「そんな人がいたら、苦労なんかしいしません。それに奉公人に知られたら、まずいことになります」

源斎は腕を組んで考えた。

「何でどすか」

やがて月江の方を向いた。

「この子でいかがですか。病人の扱い方は教えてございます。秘密は守れます」

「まだ、娘さんやありまへんか。失礼ですけど、頼りなさそうやし……」

源斎は妙香の返事を聞くこともなく、月江に告げた。

「しばらくここに通って、身の回りのお世話をしてあげなさい」

断固とした口調だった。

月江は戸惑ったが、頷《うなず》かざるを得なかった。

「へえ、わかりました」

「明日からこの月江を付き添いに寄越《よこ》します。よろしいか」

源斎が念を押すと、妙香は観念したようにうなずいた。

「ここまできたら、先生におすがりするしかございません。ええようにしてくださいませ」

月江は消え入りたい思いだった。

(源斎先生は、いったいどうなさるおつもりなんやろか)

しかし、これがいつもの源斎のやり方だった。

「至りませんけど、よろしゅうおたの申します」

月江は両手をついてお辞儀をした。

三

風はやんだが、雨はさらに強くなっていた。表は釣行燈《つりあんどん》の光で明るかった。

「駕籠を用意いたしました」

篤次が源斎に番傘を差しかけた。

「末吉町のよし屋までお願いする」

源斎は月江の方を見て微笑した。

茣蓙《ござ》で仕切られた闇の中で、月江は駕籠屋の掛け声と雨の音を聞いた。

駕籠を降りた途端に、二階からにぎやかな声や三味線が響いてきた。

月江は源斎と並んでよし屋の薄暗い玄関土間に立った。椿《つばき》の一輪挿しが蠟燭《ろうそく》の炎で揺れている。

端唄《はうた》と三味線がやんだ。

「何か御用どすか」

渋い藤鼠《ふじねず》の着物の喜久江《きくえ》が赤い顔をして現れた。

源斎が悠々と切り出した。

「仕事中、申し訳ない。実はお願いに参った。月江を毎日寄越してもらえんか。ほんのしばらくの間だ。患者のところに通ってもらいたいと思っておる」

「そんな阿呆《あほ》な、無理どす」

「そこのところを何とか頼む」

源斎が頭を下げた。

「月江には今晩もお呼びがかかったんどっせ。明日は出てきますと申し上げたばかりどした。うちの身にもなっとくれやす」

喜久江の目が吊《つ》り上がり、声が甲高くなった。

「なあ、喜久江ちゃん、困り果ててるんや。いつも助けてくれるやろ」

源斎は子どもっぽく言った。

喜久江は黙り込んだ。

「女将《おかみ》さん、お客さんがお呼びどす」

仲居の声がした。喜久江は溜息をついた。

「しょうがおへん。ただし、今回限りどっせ。これが終わったらすぐ、引き上げさせてもらいまっせ。本格的に舞子《まいこ》の修業をさせますさかい」

月江は内心どきりとした。母の喜久江は、月江の気持ちを汲《く》んで医者の道に進ませてくれるものと思っていたからだ。

「約束しとくれやすか」

喜久江は源斎をにらみつけた。

「約束する」

源斎が答えた。

喜久江の後ろ姿を見送ると、源斎は月江に向き直った。

「よし、お許しはいただいた」

(これが終わったら、先生のところを辞めなあかんのやな……)

月江は切なくなった。

「どんな風に付き添うたらよろしおすか」

気持ちを切り替えて訊ねた。

「紀市さんの横にいるだけでよろしい。なるべく用事以外はしゃべるな。何か訊ねられても自分の意見は控えめに言う。相手の言うことを注意深く聞く。そうしているうちに、悩みがふっと漏れるはずだ」

「うちにできますやろか」

「何でもいい、話されたことを書き留めておけ。後でわしが考える」

「へえ」

「出たとこ勝負、様子を見て対応するのだ」

「案ずるより産むが易《やす》し、どすか」

月江は大きく息を吸い込んだ。

四

明け方、作務衣《さむえ》に袖を通していると迎えの駕籠が来た。いつもなら寝ている頃だが、喜久江が見送りに出てきた。

「源斎さんに恥をかかせたらあかんえ」

「へえ」

母は医者になりたいという私の覚悟のほどを確かめるつもりなのかもしれない。月江の心に妙香の顔が浮かんだ。


国富屋はもう開いていて、中から篤次の叱り声が聞こえてきた。

迎えに出てきた女中が、月江を中の間まで案内した。

部屋の入り口近くに座っていると、横の襖《ふすま》が開いて妙香が現れた。

「今日からどうぞ……」

挨拶も終わらないうちに、

「あんたはんの家は何してるんや」

言いながら月江の正面に座った。

「祇園《ぎおん》でお茶屋をやってます」

「おや、お茶屋の娘か。せやのに先生の手伝いをしてるんか……」

月江を頭から膝の先まで見下ろした。

「変わってんねんな。舞子にはならへんのか」

「舞子もしてるんどす。けど、先生のところにも行かせてもろてます」

「へえー、全然違う仕事やないか。何で先生の手伝いをするようになったんや」

根ほり葉ほり訊ねてくる。

「そうか」

妙香はいきなり立ち上がった。

「旦那様は寂しがり屋や。うちを呼ばはったら走って来るねんで。いつも店の方にいるさかい」

妙香にうながされ、月江は妙香と並んで紀市の枕元に座った。

紀市は昨日同様、仰向けのまま目を閉じて、身動《みじろ》ぎもしなかった。

「源斎先生のご指示で、うちの代わりにこの娘《こ》が付き添いをすることになりました」

そう言って、妙香が紀市の手を握った。

「月江と申します。どうぞよろしゅうおたの申します」

声をかけても紀市の表情に変化はなかった。

「気にいらん時は言うてください。すぐ辞めさせますさかい」

妙香は紀市に頬を寄せた。

「お寂しいでしょうが、用事があれば呼んでくださいや」

ささやくと静かに立ち上がり、部屋を出ていった。

そのまま月江は紀市の枕元に取り残された。

気が滅入ると急に寒気がした。黒檀《こくたん》の箱火鉢をのぞくと、火が消えかかっていた。

火箸で新しい炭を挟んで火の上においた。鉄瓶がしゅうしゅう湯気をたて始めた。

火箸で灰をならしながら、

（これからどうなるんやろ）

唇をかんだ。

「お薬です」

ぼんやり紀市の寝姿を見ていると、隣の部屋から呼ぶ声がした。

襖が開くと女中が煎じ薬の載ったお盆を持って立っている。受け取って襖をしめると、紀市の横に座った。

「さあ、ちょっと、身体を起こしまひょ」

寄り添うと紀市の半身を起こした。紀市は素直にしたがった。

片手で背中を支え、もう一方の手で薬の入った茶碗《ちゃわん》を紀市の唇につけた。

「熱おすし、ちょっとずつお飲みください」

紀市は逆らわずに口を開けた。

飲み終わると、

「全部、飲まはりましたねえ。ゆっくりお休みください」

横にして再び布団をかけた。

「入り口のところに控えさせていただきます。御用のときはお呼びください」

仰向けになった紀市に声をかけたが返事はなかった。

不意にまた襖が開き、妙香が現れた。月江の横に座ると、

「薬は飲まはったか」

と口を開いた。

「へえ、全部」

月江が答えると、妙香は目を丸くした。

「うちやのうたら、飲まはらへんと思てたのに……」

女中が朝食の盆を運んできた。おかゆにみそ汁、梅干とちりめんと漬物だけの質素なものだった。食器だけが豪華な漆《うるし》塗りだった。

「朝ごはんです。いただきまひょか」

返事はなかったが、紀市の半身を起こし、前の布団の上に手拭いを敷いた。お盆を置いて、汁がこぼれないように位置を定めた。

紀市は自分の力で座ったが、匙を取ろうとはしなかった。

「ほんのちょっとやさかい。ごめんやす」

月江は匙を手に取るとおかゆをすくった。

「あーん」

自分も口を開けながら匙を紀市の唇に近づけた。

紀市が唇を開いた。

「これも一口」

続いてみそ汁をすくった。

紀市はごくりと飲み込んだ。

再びおかゆをすくい、それから漬物を取って口に運んだ。時間をかけてそれを繰り返した。

器の半分ほどを食べたところで、紀市は目を閉じてかすかに首を横に振った。

「ようお食べやした」

お茶を口に含ませたところで、

「さあ、休みまひょか」

横になるように促すと、紀市はやおら立ち上がろうとした。

「厠《かわや》へ」と口が動いた。

よろよろと歩き出す紀市を支えて、厠の前まで付き添った。

厠を出ると濡らした手拭で手を拭いてやり、再び床に連れ帰って寝かせた。

妙香が入って来て、紀市の顔をのぞき込んだ。

「どうどすか。この娘でよろしおすか。もうひとつ育ちがようないみたいやし、怒ってはんのやないかと心配してますねん」

紀市は目を閉じて黙ったままだった。

「そうどすか。お気に召さへんようやったら、代わりの者をつかせますし、心配いりまへんよって」

妙香は身を乗り出して、紀市の肩に布団をかけ直した。

月江の方に向き直った。

「あんた、もっと丁寧に布団をおかけせんと。肩が冷えるやないかいな」

「すんまへん」

「しっかりしてや。時々見に来るわ。安心でけへんさかいな」

妙香は横目でにらんで出て行った。


「おい」

かすかな声がした。紀市だった。

顔の近くに耳を寄せた。

「かんにんなあ、気にせんといてくれ」

と小さな声で言った。

月江はこみ上げてくるものを抑えた。

「いいえ、慣れへんもんやさかい、すんまへん」

紀市はかすかにうなずくと、

「わしはもうあかん。人様にご迷惑をかけっぱなしや」

と涙を流した。

月江は黙って紀市の濡れた頬を懐紙で拭いた。

襖が少し開いて妙香が手招きした。

「お内儀様に呼ばれてます。ちょっと失礼します」

紀市の耳元でささやき、隣室に赴いた。

「どうやら、あんた、嫌われてはいいひんようやな。けど、もっとしっかりしてや。それからな、ここににぎりめしを置いとくさかい、様子をみて食べなはれ」

妙香が女中に指図でもするように言った。


月江は手持無沙汰に部屋を眺めた。

床の間には雪舟《せっしゅう》の山水画が掛かっていた。床柱は紫檀《したん》のようだった。掛け軸の前に古備前《こびぜん》の花瓶が置かれていたが、花はなかった。

違い棚は、おそらく名高い大工が丹精を込めて作り上げたのだろう、精巧に仕上げられていた。障子の格子も隙なくそろっていた。

贅沢《ぜいたく》な作りの部屋だったが、荒涼として、住んでいる人の心が映っているようだった。

紀市は長い溜息をついたり、独り言をつぶやいたりするばかりだ。

月江の仕事は厠に行くのを助けること、隅に控えて時々枕元に座って様子をうかがうことだけだった。

時のたつのが遅かった。

辺りが暗くなり、女中が雨戸を閉じる音がした。

行燈とともに夕食が運ばれてきた。

相変わらず紀市に食欲はなく、ご飯は半分ほど、おかずの干鮭《からざけ》に少し手を付けた程度だった。

食事がすむと紀市がのろのろと月江に顔を向けた。

月江は傍に寄った。帰る刻限だった。

「また明日出てまいります。ゆっくりお休みください」

そう挨拶したが、紀市は焦点の定まらない目で月江を見たまま返事をしなかった。

帰りに妙香の部屋に立ち寄った。篤次がその場にいた。

「あんた、今日の売り上げ、たったこれだけか。もっとしっかりせんとあかん」

「へえ、すんません」

篤次の声に、日頃の張りはなかった。

篤次が下がると月江の番だった。

「夕食は召し上がられましたんか」

「へえ、半分ほどどす。食べる力をなくしておられるみたいどす」

「そうどすか。まあ、明日も出てきとくれやす。ご苦労様どした」

妙香はそれだけ言うと、追いやるように手を振った。

店の表に出ると、篤次が駕籠の前に立っていた。

「おおきに。よう、気張《きば》っていただきました。お内儀様がお店に出られただけでも助かります。源斎先生にどうかよろしゅうお伝えくださいませ。明日もよろしゅうに」

篤次の顔の周りを粉雪が舞っていた。

月江は襟元《えりもと》をかき合わせた。

駕籠に座るとどっと身体が重くなった。

五

「おめでとうさんどす。あいかわりませぬよう、おたの申します」

床に向かって挨拶したが、紀市は見向きもしなかった。

妙香が普段着のまま、お盆に朱のお椀《わん》を二つ載せて入ってきた。

「ご一緒させとくれやす。お正月くらい源斎先生も許してくれはりますやろ」

妙香が声をかけると、紀市はのろのろと半身を起こした。

「よう、お起きになりました」

妙香は微笑した。

月江は急いで紀市の背中に羽織をかけた。布団の上に手拭いを敷くとお盆を載せた。妙香がお椀の蓋を取った。

「さ、どうぞ、あったかいうちに。お餅も海老芋《えびいも》も小そう切ってますさかい」

雑煮の湯気を見ながら紀市は溜息をついた。

妙香が箸を握らせると、紀市はけだるそうにお椀に箸を入れた。

「いやあ、自分で食べられるようにならはったやありまへんか」

もう一つのお椀を手に取って、自身も箸を使いながら妙香が言った。

「へえ、うちが寄せてもろてから初めてどす」

月江は相槌《あいづち》を打った。

紀市は餅と海老芋を一切れずつ口に運んだきり、椀を見て力なく首を横に振った。

「もう一口どないどす」

妙香が勧めると、紀市は月江を向いた。

どう応えていいかわからず、月江は目を伏せた。

紀市はそれから小さな餅を口に入れ、ぽとりと箸を落とした。月江があわててお椀を受け取ると、そのまま後ろに倒れてしまった。

月江は素早くお盆を外し、背中に敷かれた羽織を引き出した。

「この子にも……」

目を閉じたまま紀市がささやいた。

「へえ」

妙香は短く返事をすると、お椀を置いて黙って部屋を出ていった。

妙香の食べかけをお盆に戻し、紀市の布団を直していると、隣の部屋から月江を呼ばわる女中の声がした。

寒々とした続きの間にぽつんと座って月江は雑煮を食べた。

(今頃、よし屋には源斎先生が羽織袴《はおりはかま》姿でみえて、晴れ着のお母さんとお屠蘇《とそ》を上げてはるのやろな)

涙が頬を伝った。

瞬く間に三が日が過ぎた。

国富屋の店先は新年の商いで活気を帯びていたが、紀市の部屋は相変わらずひっそりしていた。

月江はその日、試しに布団の横にお膳を置いた。

「七草粥《ななくさがゆ》どす。起きてお食べにならはりまへんか」

紀市はゆるゆると身を起こした。

月江の助けでお膳の前に座った。

紀市はお粥の椀を手に取り、少しずつ食べ始めた。

「少し味がするようになった。菜っ葉の香りもええ」

声には張りが感じられた。

「よろしおしたなあ」

空になったお椀をお膳に載せて立ち上がった時だった。

「なかなか眠ったような気がせん。まだぼうっとしてる。なんや自分やないみたいや」

後ろから声がした。

「わしは罪深いのや……」

沈痛な響きだった。

(うちに向かって言うてはるのやろか、独り言やろか)

立ち止まって耳を澄ましたが、紀市はそれ以上言わなかった。月江はその言葉を帳面に書き留めた。

午後になると紀市は、

「寝てばかりいると腰が痛《いと》うなってくるな」

と首をほぐしながら起き上がった。

おぼつかない足取りで箱火鉢の方にやってきて、月江の前に座ると火箸を扱う月江れる身や」

「正月返上でようやってくれたなあ。けど甲斐《かい》のないことや。わしはいずれ首を切られる身や」

「お茶でもご用意しまひょか」

月江は聞こえないふりをした。


無理に勧めなくても、紀市は自然にお膳で食べるようになった。時々箱火鉢の前に座ってお茶を飲むようにもなった。こわばっていた口元が柔らかくなり、八の字に垂れていた眉尻も上がってきた。

「少し長う眠《なご》れた。まだしょっちゅう目は覚めるけど……」

「それはよろしおした。夕べは雪が降りましたなあ。お庭がきれいどっせ」

紀市は赤く燃えている炭を見つめたままだったが、しばらくすると顔を上げた。

「障子を開けてみてくれ」

「へえ」

冷気は入ってきたが目の前に銀色に輝く庭が広がった。部屋の中が明るくなった。

「親父《おやじ》の自慢の松や。子どもの頃と変わらへん。見てると昔に戻るような気がする」

振り向くと箱火鉢の脇で紀市が指をさしていた。その先に、雪を被《かぶ》った松が立っていた。

「見事な枝ぶりどすなあ。池の水すれすれを這《ほ》うてます」

「あんた、ようわかんのやな」

いつの間にか妙香が二人の後ろに立って話を聞いていた。

「襖がしっかり閉まっとらんやないか」

叱りつけて紀市の横に座った。

「気の利かへん子どすなあ。辞めさせましょか」

紀市の顔を覗き込んだ。

紀市は答えずに立ち上がり、布団の方へ歩いていった。

妙香が部屋を出ていくと紀市が手まねきして呼んだ。

「あれは厳しいさかい。けど、根は悪ない。気にせんといてくれ」

「へえ、うちの気が利かへんもんやさかい、すんまへん。あれこれ教えてもろてありがたいことや思てます」

紀市は目を閉じた。

間もなく寝息が聞こえた。

「どうしたらええんや。妙香、わしは死んで詫《わ》びたい……」

障子を閉めて火鉢の炭を整えていると突然声がした。寝言のようだった。

「お疲れさまでした」

月江が帰りの駕籠に乗ろうとすると篤次が駆け寄ってきた。

「うぐいす餅でございます。先生に差し上げてください」

「おおきに。先生、喜ばはりますやろ」

「今日はお具合はいかがでございましたか」

いつものように篤次が訊ねた。

「へえ、ご気分が少しよろしいようどす。座ってお庭を眺められました」

「それはようございました」

駕籠が走り出すと、月江は茣蓙の隙間から外を眺めた。うっすらと雪に覆われた室町通りは大店《おおだな》の釣行燈に照らされて、夢の世界のように輝いていた。

駕籠がゆらゆらと三条通りへと方向を変えた。

いつもならすぐにうとうとしてしまうのだが、流れて行く景色に見とれた。おでんやうどんの屋台がならび、提灯《ちょうちん》の前に人が群がっている。白粉屋《おしろいや》の店先に梅模様の着物を着た女が立っている。雪景色の中、女の赤い頭巾が灯りに照らされ、血のように鮮やかだった。

療治所の前で駕籠を降りると、八重が出迎えた。

八重の仕事は源斎の診察手伝いや、薬箱を持って往診について行くことだった。だが心の患者は怖がって尻込みした。八重の苦手な患者の往診や世話は月江が受け持った。


「お疲れ様どす」

台所《だいどこ》に顔を出すと、源斎は賄いのお清《せい》の給仕で食事中だった。

「飯を食っていかないか。うまい笹《ささ》がれいをもらった」

顔を見るなり源斎が言った。

「おおきに。けど駕籠を待たせてますさかい」

月江は首を横に振った。

「実は、ちょっと気になることがあったんどす」

「何だ」

口を動かしながら源斎は訊ねた。

「いきなり旦那様が『わしは死んで詫びたい』と寝言で言わはったんどす」

「ふむ。詳しく話してくれ」

源斎は箸を置き、こちらに目を向けた。

月江はいきさつを話した。

「お内儀のことで悩みでもあるんだろうか」

「へえ、うちもそんな気がしてます」

「お内儀の内助の功は評判らしいからな。とかく女ができすぎていると、男というものは息が詰まるものだ」

源斎の表情が暗くなった。

よし屋の内玄関に入った途端に歓声が湧いた。

月江は足を止めた。

取次に四人ほどのお客がたむろして騒いでいる。ちょうど安珍《あんちん》が逃げ込んで来たところだった。すぐ後ろから蛇の人形を手に持った清姫《きよひめ》が入って来る。安珍は芸子の照《てる》広《ひろ》、清姫には、よし屋の真向かいにある茶屋「ふく内《うち》」のふく千穂《ちほ》が扮していた。

正月の今日は節分のお化けの日だった。花街では節分に芸子や舞子が仮装して練り歩き、お茶屋を回る。毎年、月江はのぞき見て楽しんだものだった。

「助けてー」

安珍が叫んだ。

「わしが助けてやる」

お客の一人が駆け寄るとどっと笑いが起こった。

喜久江に先導されて、安珍は二階の座敷の方へ逃げていく。

「待てー」

清姫はわいわい騒ぐお客を引き連れて足音高く追いかける。

月江は闇に包まれた自分の部屋に入って行燈をつけた。

文机《ふづくえ》の上に母親の用意してくれた夕食のお盆が浮かび上がった。

急に疲労を感じた。

大騒ぎするお客の声や安珍と清姫の甲高い声が響き、乱拍子を打つ小鼓の音が続いた。

食べ終わると月江は床を敷いて横になった。

座敷の騒音や紀市のことが気になって寝付けなかった。

春の訪れを知らせるような穏やかな日だった。午後になると紀市は気分がよくなったようだった。

「ぽかぽかどっせ。庭でも歩いてみはったらどうどすか」

「そうやなあ」

紀市が答えた。

二人は廊下から庭に降りた。

月江はおぼつかない足取りの紀市の腕を支えながら、蕾《つぼみ》の膨らんだ梅の木の枝の下を歩いた。

それ以来、月江は紀市と並んで庭を散策するのが日課になった。

紀市の足取りは日に日にしっかりして、支えはいらなくなった。

一度、紀市を一人で歩かせたことがあった。

だがその日、紀市は戻ってくると恨みがましく月江を上目で見た。月江はどきりとした。それからは必ず付き添うことにした。

紀市は庭木を愛《め》でるわけでもなく何か考え込んで歩くのが常だった。時々意味の取れない独り言を言った。なんとか聞き取ろうとするがうまくいかなかった。

その日も池の横にあるつつじのところに来た時、

「血が切れるのか」

ふっと紀市がつぶやいた。

その途端、紀市が危うく転びそうになった。月江は慌てて手を握って支えた。

背中に感ずるものがあった。振り向くと妙香が廊下に立ってこちらを見ている。突き刺すような眼差《まなざ》しだった。視線が合った途端に妙香は引っ込んだ。

夕方、源斎がやって来た。

「お内儀がお怒りだ」

源斎がささやいた。

「緊急な用ということで呼び出された。お前が紀市さんをたぶらかそうとしていると言われてな」

月江は吹き出した。

「実は昼間、『血が切れるのか』と独り言を言わはったかと思たら、急に足がもつれはったさかいお手を取って支えたんどす」

「妙なことを言うな」

源斎は考え込んだ。

「それにしても悋気《りんき》深い人だ。あれじゃ、旦那さんも気の休まることはなかっただろう」

と吐息をついた。

「お前は病人を支えるのが仕事。やましい心を持つはずはない。だがあくまでも節度は保て。事情は話しておく」

いつものように帰りに妙香に挨拶に行った。

妙香は月江の方を見向きもせず、

「あんた、身の程をわきまえんとあかん。源斎先生の助手とはいえ、大変な身分の違いがあるんや。わかってるか」

吐き出すように言った。

「へえ、心得ております」

「旦那様と歩くとき、直接手を握ったらあかん」

「わかりました」

「どうしてもという時は、手拭いを当てて握りなさい」

月江は妙香を見上げた。

「旦那様は真面目一本、仕事のことしかご存じない。花街なんか、足を踏み入れられたこともない純なお方や。祇園あたりの女に手でも握られたら、ふらふらされんとも限らへん」

月江は啞然《あぜん》とすると同時に女として見られてうれしかった。しかし、

(気を引き締めんとあかん)

自分を戒めた。

しっかり閉めたはずの襖に時々隙間ができている。妙香が部屋の中の様子をこっそりうかがっているようだった。月江はなるべく紀市に近づきすぎないように心掛けた。だがそうすればするほど紀市は頼ってきた。

紀市と庭を眺めている時だった。

「あんたといると、ほっとするなあ」

紀市はそれから、切れ切れに話し出した。

「わしは罪なことばかりしてきた」

そして、商売敵をつぶしたらその相手が死んだこと、奉公人を辞めさせたら行方《ゆくえ》不明になったことなどを問わず語りに語った。月江は聞き役に徹した。

「あの人らはわしのせいで悲惨な目におうたんや」

紀市は頭を抱えこんだ。

月江は慰めの言葉もなく、紀市の背中をさするばかりだった。


紀市の眼差しに輝きが戻ってきた。食事を見て溜息をつくことはなくなり、食べる量も増えてきた。庭を歩く足取りも日増しに力強くなっていた。

ところがその日、綻《ほころ》び始めた梅の古木の下でいきなり紀市は立ち止まった。

しゃがみこむと、

「死んでお詫びをせんといかん」

と手で顔を覆った。

咄嗟《とっさ》に月江も腰を落とした。顔を寄せて、

「大丈夫どすか。さあ、お部屋に戻りまひょ」

立たせようとした。紀市はよろめいてすがりついた。

二人は身を寄せ合うように歩き出した。

廊下には妙香が座っていた。その目を見た途端、月江は手に手拭いを当てていないことに気が付いた。


いつものように帰りに療治所に立ち寄ると、源斎は診察の間で書き物をしていた。

月江が「ただいま戻りました」と声をかけると、不機嫌そうに顔を見上げた。

「どうしてお内儀の言われるようにしないのだ」

源斎が詰問してきた。

月江はもう源斎が知っていることに驚いた。

「旦那様はくるりと気分が変わらはるんどす。今日も不意に『死んでお詫びをせんといかん』てしゃがみ込まれました。つい慌ててしもて、手拭いまで気がまわりまへんどした。申し訳ございませんでした」

月江は頭を下げた。

源斎は眉を曇らせた。

(何か落ち度があったんやろか)

月江は心配になった。

「そういいきさつだったのか……ならば致し方あるまい。わしの方からお内儀に説明しておこう。死んでお詫びとは、それにしても気になる言葉だ」

源斎は腕を組んだ。


翌日源斎は国富屋に往診に出向いた。

診察が済んだ後、月江は源斎に従って妙香の部屋に入った。

源斎が昨日の顚末《てんまつ》を話すと、

「ああ、そういうことやったんどすか」

月江を見ずに、妙香は軽く首を縦に振った。

源斎がお茶を飲み終えたところで、

「おかげさまで元気になってまいりました。もう大丈夫やと思います。これからは私だけでやっていけそうです」

おもむろに妙香が切り出した。

源斎は黙り込んでいたが、やがてゆっくりした口調で、

「いや、むしろ私が恐れていた時期が来たようです」

「えっ」

妙香が目を大きくあけた。

「ご亭主はこれまで自死の事ばかり考えておられた様子です。身体が動いて頭がはっきりしてくると、今度は実行される恐れがあります」

「そんな」

妙香の唇が震えた。

「……旦那様にもしものことがあったら、生きてはおられまへん」

源斎に縋《すが》りつかんばかりに身を乗り出した。

「部屋に刃物とか、そういった危ないものはありませんか」

「ないはずどすけど、念のために調べてみます」

「それと紐《ひも》、着物の紐が曲者《くせもの》です。首をくくられます。さりげなく紐を縫いつけてある着物と取り換えてください」

「自死の知恵を付けることになりまへんやろか」

「それよりも自死を防ぐのが先決です」

「どないしたらよろしやろ」

「油断せずに見張るしかありません」

「誰が見張るんどすか」

「もちろんお内儀様です」

「まあ、私一人でどすか……とても無理、無理どす」

妙香は甲高い声を上げた。

「手伝ってくれそうな方は、どなたか思いつきませんか」

「誰でもというわけにはまいりません」

首を横に振ると、妙香は考え込んだ。

「女中には知られとうないし」

「そうですか」

源斎は腕を組んだ。

「この月江を泊まらせましょうか」

不意に月江の方を向いた。月江は息を呑んだ。

「へえ、そうしていただけたら……ぜひ、お願いします」

飛びつくように妙香が言った。

月江の機嫌をうかがうように、源斎が頭を下げた。

「お内儀様もおっしゃっておる。落ち着くまで頑張ってくれないか。そう長くはない」

月江は重い荷物を背負わされたような気がした。

「猶予はない。今晩から頼む」

口調は柔らかだったが、断れない響きがあった。

「ここに泊まり込むんどっしゃろ。お母さんが何と言わはるやろ」

心が進まないままに月江は訊ねた。

「それはわしに任せてくれ。これからすぐお願いに参上する」

母親の前で小さくなって頼みこんでいる源斎の姿が浮かんだ。

「よろしゅうおたの申します」

唇をかむと月江は答えた。

「お願いします」

妙香が月江に両手をついて頭を下げた。

六

「一緒に晩御飯食べよか」

妙香が笑みをたたえて言った。月江はそんな妙香を見たのは初めてだった。戸惑いを感じた。

女中が夕食のお膳を持ってきた。おかずは切り干し大根と揚げ豆腐の煮物、それと漬物である。

「お代わりもある。あんたの年頃はお腹のすくもんや」

月江のご飯だけが山盛りになっていた。お膳の見かけは奉公人と同じものだったが、米だけは上等のものが使ってあった。

「いやな顔ひとつせんとよう気張ってくれるなあ。あんたみたいな純な娘と会《お》うたんは初めてや。これまでのこと、かんにんえ」

向かい合って箸を動かしながら妙香が言った。

「ありがたい思てます。旦那様に早う治ってもらうように、手助けさせていただくだけどす」

「うちは金にうるさい家に育ってなあ。妬《ねた》まれんのちゃうか、だまされんのちゃうか、損をするんちゃうか、といつも人を疑う癖がついてたんや」

（お金持ちにはお金持ちの苦労がある――）

裏に隠されていた妙香の心根が感じられた。

月江は座敷に隣接する妙香の部屋で眠ることになった。枕を並べて床に就いた。布団はふわふわして心地よかった。

「寝付けへんなあ」

「へえ、うちも頭がさえて……」

月江は行燈の灯りが揺れる天井を見つめた。

妙香がぽつりぽつりと語り出した。

「仕事に追われて気づかへんかったけど、いくら商売が繁盛したかて、ぎょうさん奉公人がいたかて、腹を割って話せる人なんておらへんわ。番頭も女中も怖がって寄って来《き》いひん。この頃、ようやく世の中のことがわかってきたわ」

「そうどすにゃね」

「お元気な頃はずっと一緒に働いたんよ。うち、小さい頃から男勝りて言われて、じっとしておられへん質《たち》やった。何かして動き回らんと、気が済まへんのや。旦那様は育ちがようて、おとなしゅうて、うちが横についてると、『お前がいると助かる』と喜んでくれはった。よう皆さんに、『二人合わせて一人前ですな』と冷やかされたもんや。生きてる甲斐があったわ。

旦那様が倒れはるとは、夢にも思わなんだ。おたおたして、どうしてええのんかわからへんようになった。店はほったらかして、横に付き添うてたんや。けど、源斎先生に叱られてしもた。あまり、かまいすぎても……」

物音がしたようだった。二人は半身を起こして顔を見合わせた。

月江は襖の隙間から座敷を覗いた。

「大丈夫どす」

「おおきに。ありがとうな」

妙香は続けた。

「あんたが来てくれてから、また店に出るようになったやろ。旦那様の代わりにやってるけど、二人でやってたときみたいにうまいこと行かへんわ。一緒にやってた頃は、一人でもやれるわ、と思てたけど、とんだ思い違いやった。傍にいてもらわんと心細うて仕方あらへん。篤次も逃げ腰やし。みんな前みたいに働かんし。早《はよ》う元気になってもらわんと、うちの方がもたへん」

「寄せてもろた頃は、寝たままで気力も失《う》せて、何もしやはらしまへんどした。もうちょっとどっせ」

「けど、元気が出ても、首をくくられたらかなわんわ」

「お内儀様と見張ってます。大事おへん」

がたんと音がした。

咄嗟に月江は起き上がった。

息をひそめて座敷側の襖を開け、隙間から隣をうかがった。薄闇の中に、廊下に出ようとする紀市の後ろ姿が見えた。

振り向くと、妙香も半身を起こしていた。

月江は廊下の方を指した。妙香がうなずいた。

紀市の足音が妙香の部屋の前を通り過ぎた。

遠くなったところで、月江は襖を開け廊下をのぞいた。行燈の灯りで伸びた紀市の長い影が廊下の角を曲がった。

月江は忍び足で廊下を進み、曲がり角から様子をうかがった。

紀市が厠《かわや》に入るのが見えた。

やがて厠を出る気配がしたので、月江は素早く妙香の部屋に戻って襖を閉めた。

「厠どした」

月江がささやくと、妙香はほっと息をついた。

紀市の足音が隣の部屋に戻り、再び静まりかえった。

月江が寝床に戻ると、半身を起こしていた妙香も横になった。

「夜中に目が覚めるやろか。自信ないわ」

妙香が心細そうに言った。

「うち、大丈夫どす。お休みになっておくれやす。音がしたら必ず目を覚ましますさかい」

それから紀市は三度ほど厠に行ったが、月江はその都度《つど》確認した。

朝食も妙香と一緒だった。

「おおきに、うち、いっぺんも起きられへんかったな」

妙香の声は明るかった。

「昼寝でもせんと、身体がもたへんやろ。その間旦那様に付き添うとくわ。それくらいは源斎先生もお叱りにならへんやろ」

月江は妙香の思いやりが嬉《うれ》しかった。


妙香と夜を過ごすのにも慣れてきた。

「もう、五日目やなあ。もう大丈夫な気がするわ」

「へえ、けど、油断は禁物どす」

月江が応じた。

妙香が話し始めた。

「そうや。うちのお父さんもそう言うてはった。前にも言うたが、うちは三人姉妹の末っ子でなあ。一番上は婿さんを取ってはる。二番目は江戸の日本橋の大店に嫁いではる。お父さんは、娘のことを商売繁盛のための道具みたいに考えてはった。それくらい用心せんと、店はやっていけへん。もちろん、うちがここに嫁にやられたのも船渡屋の江戸進出のためやった。

お父さんのためと思うて会《お》うたんや。けど、旦那様と会《お》うた途端にぽおっとなってしもた。言うのも恥ずかしいけど、旦那様は男前で優しゅうて、うちには過ぎた人やった。旦那様と一緒にいると嬉しゅうて、片時も離れとうのうて一緒に店に出た。今まで喧嘩一つしたことあらへんねん。女中の手前、床は二つ敷いてたけど、いつも一緒に寝てたんや」

妙香の声が詰まった。

「きっとようなられます」

「何もかもあんじょう行ってたのに、あんな病気にかからはって。何でかわからへん。いろいろ考えてみると、働きすぎやろか。一緒になってからずっと、明け方から暮れまで、ほとんど休まんと来られたさかい」

妙香はしみじみと言った。

「うちがせなあかんことを、月江さんがようやってくれる。かんにんやで、おおきにな」

紀市が庭に出て、お気に入りの梅の木の下で足を止めた。

「これは名木でな。私が生まれる前からあったんや」

紀市は目を閉じた。横に広がった苔むした枝に開いた薄紅色の花は、うっとりするような甘い香りを放っている。

「子どもの頃、お母さんと一緒にようここに緋毛氈《ひもうせん》を敷いて甘酒を飲んだもんや。わしは一人っ子でなあ、いつもお母さんが傍におらんと泣いてたもんや。あの頃は幸せやったなあ」

紀市は誰に言うともなくつぶやいた。

不意に月江に、

「あんたのお母さんはお元気か」

「へえ、おかげさんで毎日仕事をしております」

「仕事は何をしてはんのや」

「祇園でお茶屋をしております」

何気なく答えた。

その途端に、紀市の顔が真っ青になった。

「だいじょうぶどすか。お顔の色がちょっと……」

おぼつかない足取りの紀市を支えて部屋に戻った。床に寝かしつけると、紀市は仰向けになって天井を見ている。

(母が祇園のお茶屋をやっている、と話したら、顔色を変えられた。何か、関わりがあるのだろうか)

夜中に妙な気配がした。胸騒ぎがして月江は起き上がった。

（もしかしたら）

妙香はぐっすり眠っている。

襖を少し開けて、紀市の姿を確かめようとした。

「あっ」

床は空っぽだった。

（厠やろか）

月江は厠へ急いだ。

途中、雨戸が一枚開いていた。胸が早鐘のように打った。

月江は裸足《はだし》で庭に飛び出した。

満月が庭を明か明かと照らし、樹木は不気味な影に沈んでいる。

目を凝らして丹念に見て回った。

梅の木のところで人影が動いたような気がした。足音を忍ばせて近づいた。

紀市がお気に入りの老梅の傍らの石の上に立っていた。手にひょろりとした長いものを握っている。

目を凝らすと縄だった。

縄を梅の一番上の枝に向かって投げた。縄は枝に引っかかって垂れ下がった。同時に梅の花がはらはらとこぼれた。

紀市はこれまで見たことのないような素早さで、その端を握ると輪を作った。

両手で輪を持ったまま空を見上げる。

満月の光で紀市の顔が浮かび上がる。

輪を持ち上げて首を入れようとする。

「旦那様」

月江は絶叫した。同時に身体が動いた。

紀市が月江をにらんだ。目を開き、口を一文字に結んだ険しい形相だ。

月江は紀市の腕をめがけてとびついた。紀市が凄《すさ》まじい力で突き放してくる。月江はのけぞって倒れた。

「お内儀様」

大声で呼びながら起き上がった。

縄を握っている紀市の手にむしゃぶりついた。

「放せ」

紀市は月江の手をもぎ取って強く押し返した。月江は激しく梅の木に頭をぶつけた。

一瞬ぼうっとなった。

「旦さん、何しやはりますのんや」

妙香の金切り声がおぼろげに聞こえた。

妙香が紀市にしがみついている。月江は飛び起きて紀市の腕をつかんだ。

三人はもつれあって倒れた。

紀市はもがきながら起き上がろうとする、逆に妙香と月江は紀市を押さえ込もうとする。

もみ合いが続いた。

紀市の力が緩んだ。

「放せ、もうやらん」

ぜいぜい喉を鳴らしながら紀市が言った。

「ほんま、ほんま、ほんまどすか」

妙香が切れ切れに言った。


二人は左右から両脇を支えて紀市を立ち上がらせた。月光が土にまみれた紀市を照らし、辺りは梅の香りに包まれている。

「なんで死なせてくれへんかったんや」

紀市が泣きながら口にしたが、二人は答えなかった。

妙香は紀市を縁側に座らせた。

「きれいに洗い流しましょ。ああ、泥だらけですやん」

月江は桶《おけ》に水を入れてきて、紀市の顔や手足を拭いた。

座敷に戻って寝間着を新しいものに替えた。

紀市は床には就かず、隅の文机に肘をついて頭を抱えこんだ。

七

夜が明けると、月江は妙香に伴われて玄関に向かった。

「おはようございます」

掃除に取り掛かっていた丁稚らが口々に挨拶をしてきた。

篤次は反物の整理をしていたが、気づかないふりをしているようだった。

(うちらの血相が変わってるのやろか)

妙香の目は真っ赤だった。

「なるべく早う往診してくださいて頼むんえ」

「へえ、わかりました」

月江は内玄関を飛び出した。

室町通りを小走りに駆けた。通行人はほとんどなく、大店の前では奉公人が清めの打ち水をしていた。

三条通りに入ると、次々と旅装束の人たちを追い抜いた。

土産物《みやげ》でも選んでいるのだろうか、「よろず小間物」と書いた竹筒のあるところで男が櫛《くし》を手に取っている。前を行く娘たちが役者絵の飾ってある店先で急に立ち止まり、あやうくぶつかりそうになった。

(楽しげなこと……)

よけながら横目で見た。月江はふと、このところ尋常な生活をしていなかったことに気がついた。

ようやく御幸町通りに折れると人通りが少なくなった。

小島療治所の看板の前を箒《ほうき》で掃いているのはお清だった。

「いや、おはようさん、えらい急《せ》いてからに」

手を止めて声をかけてきた。

月江は荒い呼吸を整えた。

「先生は、起きて、はりますか」

「まあ、入りよし」

お清が玄関戸を開けてくれた。

土間に飛び込むと、八重が診察の間で拭き掃除をしていた。

「井戸端で顔を洗ってはる」

八重は何も訊かずに指さした。

源斎は手拭いで顔を拭いているところだった。

「どうしたのかね」

「紀市様が大変どす」

「まあ、落ち着いて……」

源斎は先に立って書院に入った。

八重が火のついた炭を火鉢に入れに来た。

「寒かっただろう、近くに寄りなさい」

源斎は火鉢に手をかざした。

「おおきに」

月江は座るなり、昨晩の出来事を語った。

源斎は煙草を吸いながら一言も口を挟まず聞いた。

煙を吐くと、

「そうか、やったか」

「先生の言わはる通りどした」

「うむ、なるべく早く往診しよう。自死に失敗した後は、本音が出るものだ」

「お願いします。昼頃には起きてはると思います」

「目が覚めたら、いつもと変わりなく接するように。昨夜のことは一切触れない方がよろしい。さりげなく見守りなさい」

「へえ、わかりました」

「戻る前に朝飯でも食べなさい」

月江は急に空腹を感じた。

お清の用意してくれた朝御飯を食べた。卵、ちりめん、干物などがついて、国富屋で食べるものより豪勢だった。

（……倹約されてるんやなあ。お金持ちにはお金持ちの道があるんや）

質素な生活を続ける妙香の心意気に、ふと心を打たれた。

療治所を出ると再び三条通りに出た。

だが足は室町通りではなく、逆の三条大橋の方へ曲がった。

縄手通りを下がって白川に差しかかると弁財天《べんざいてん》の祠《ほこら》が見えた。赤い着物姿の女が立っていた。

「いや、須磨《すま》ねえさん、おはようさんどす」

須磨はよし屋の置屋《おきや》に住む芸子だった。愛想は悪かったが、持ち前の美貌と舞のうまさで人気の芸子だった。仲間内では、倒れるまで稽古をすることで知られていた。

いつもながらに須磨はうなずくだけだった。

「こんなに早《はよ》うに、どうかされたんどすか」

月江が訊ねた。

「実はな、今日は北野天満宮の梅まつりがあってなあ、祇園からうちが出ることになったんや」

須磨が自分のことを話すのは珍しかった。

「それは光栄どすな。上七軒《かみしちけん》の人やらも出はるんどすやろ」

「もちろんや」

上七軒は祇園町よりも小さい花街であるが、さらに歴史がある。芸子は先祖代々の者が多く、芸も磨き抜かれているという評判だった。

須磨は溜息をついた。

「とてもうちなんか……上七軒の人に芸を見せられるのは、琴花《ことはな》さんくらいやわ。けど、友茂《ともしげ》旦那さんがあかんと言わはったんやそうや」

「そうどすか、ほな、やっぱり須磨ねえさんしかいやはらへんなあ」

「そんなことあらへん」

月江は祠を向いて手を合わせた須磨の後ろ姿を眺めた。考えてみると、舞の稽古もずっと行っていない。恥ずかしいと同時に須磨が眩《まぶ》しく見えた。

「お気張《きば》りやす」

声をかけたが、須磨は月江の顔を見たきり、何も言わずに立ち去った。

月江は祠の前に立った。

「紀市様がどうぞ、生きる力を取り戻さはりますように」

ひたすら祈った。


源斎は昼前に国富屋に現れた。

「まだ寝てはります」

月江が言った時、妙香が現れた。

早口で経過を話し、

「また、やらかさはるんやおまへんやろか」

妙香が言うと、

「一度やった者は二度やります」

源斎は応えた。

「何とか、止められへんもんでっしゃろか」

妙香は源斎ににじり寄った。

「大本の理由がわからないと、手の打ちようがありません」

「ああ、ほんまに。何を悩んだはんのどすやろ。先生、何とかしておくれやす。このままやと、うちがどうかなりそうどす」

俯くと妙香は懐紙を目に当てた。

「月江、庭を案内してくれるか」

源斎が立ち上がった。


「この木どす」

月江は枝を広げた梅の木を指さした。春の柔らかい日差しを浴びて、紅《あか》い梅の花が並んでいる。源斎は足元の縄を拾い上げた。

「これを使ったのかね」

「へえ」

月江は受け取って縄を丸めた。

「お前が書いた帳面に『罪を犯した』とあったな」

「商売で他の人に迷惑かけたことを悩んではりました。そのことどっしゃろか」

言いながら、月江は考え込んだ。

「気になることがあります。お内儀様が部屋に入って来はると黙り込まれるんどす。

下を向いて、何とのう申し訳なさそうな顔をなさるんどす」

「お内儀との間に何かあるのかもしれんな」

月江はこれまでの紀市の独り言を思い浮かべた。

「そう言えば、『妙香、死んで詫びたい』と言わはったことがあります」

源斎は眉間にしわを寄せた。

「それに、『首を切られる身や』とか、『血が切れるのか』とか……」

「うむ」

「もう一つ、気になることがありました。関わりないかもしれまへんけど」

「何かね」

「母の仕事を聞かれました。『祇園でお茶屋をしております』と答えたら、急に顔をそむけはったんどす」

「祇園に何かあるのかもしれんな」

源斎は家の方へ歩きながら、首をほぐすように回した。

二人が家に上がると妙香が現れた。

「今、お目覚めになりました」

月江が見上げると、源斎は口をへの字に結んでうなずいた。

第二章　隠し子

一

駕籠から降りると、妙香が駆け寄ってきた。

「先生、昨日はほんまにありがとうございました」

普段より濃く化粧していたが、目の下の隈は隠せていなかった。

先立って店に入って気もそぞろな様子で、お客から挨拶されても気づきもしなかった。急ぎ足で玄関から中の間へと案内した。

人気がなくなると、突然妙香は足を止め振り返った。

「またしはんのとちがいますやろか」

縋《すが》りつくように言った。

「不穏な気配でもありましたか」

「月江さんがずっとつきっきりで面倒みてくれたはりますし、今のところおとなしゅうしてはるみたいどす。けど、また何かあったらと思うと、心配でかなわんのどす」

「動揺した様子を見せたらいけません。なるべく普段通りに接してください」

源斎は平静を装って答えた。

（さあ、どう攻めたらいいものか）

ともかく、患者や家族に本音を漏らしてはならなかった。

「これから、じっくり話してみます。ああいうことをした後のほうが、本音が出るものです」

源斎は悠々と言った。

「おおきに。先生、よろしゅうおたの申します」


紀市の部屋の前で妙香は膝をつき、襖を開けた。

辺りには甘い梅の香りが漂っていた。

「先生がお見えになりました」

妙香が紀市に向かって声をかけた。

紀市は廊下に敷いた座布団に座って庭の方を向き、身動ぎもしなかった。

紀市の後ろに控えていた月江の表情が明るくなった。鬢《びん》にほつれが見えた。

源斎が手で合図すると、妙香が下がった。

紀市の横に月江が座布団を置いた。

「食事は召し上がったか」

座りながら月江に訊ねた。

「お茶を少しばかり……」

紀市に声をかけた。

「こんにちは。往診に参りました」

紀市は何か考え込んでいるようで、源斎に気づかない風だった。

真昼の日差しが池の水に当たって紀市の顔に跳ね返っていた。ふぬけのように口を開き仮面をかぶっているように見えた。

月江が源斎にお茶を差し出した。紀市の茶も新しいものと取り換えた。

「お前も下がっていてくれないか」

源斎はわざと声を高くして言った。

「はい、わかりました」

月江も大きめの声で返した。

(賢い娘だ)

源斎の意図をいち早く察したようだった。まず源斎の他に誰もいないことを紀市にわからせる必要があった。

月江が足音をたてて下がっていった。

「見事に咲きましたなあ」

紀市の返事はなかった。

「北野天満宮の梅も……寒空によく香ります」

紀市がゆるゆると源斎の方へ顔をむけた。

「ああ、先生、お出《い》ででしたか」

まぶたをぱちぱちさせた。

「こちらのも、なかなかのものです」

源斎は別の梅を指さし、大げさに深く息を吸ってみせた。

紀市もつられるように香りをかぐ仕草をした。

ぼんやりしていた紀市の眼差しに輝きが戻り、次第に我を取り戻していくように見えた。

「梅の香りで、お茶の味まで旨くなりますなあ」

源斎が一口すると、紀市も茶碗を口に寄せた。

頃合いを見て源斎が訊ねた。

「何かお悩みがあるんじゃありませんか」

紀市は首をひねった。

「これほどの大店になりますと、いろいろとご苦労が多いでしょう」

紀市は黙り込んだままだった。

「後継ぎのことはどうお考えですか」

「後継ぎ……」

意味がわからないという風に首をひねった。

しばらくしてから、

「ああ、そのことですか。もう決まっています」

他人事《ひとごと》のような口ぶりだった。

「……妙香が甥《おい》を連れてくるそうです」

自分に言い聞かせるように紀市はうなずいた。

「そうしますと、あなたの方の血筋は途絶えるわけですな」

「……妙香が喜んでくれたら、それでええんです」

「なるほど」

会話が途切れた。

ひよどりの甲高い鳴き声がした。

「あなたの血を引いたお子さんはいらっしゃらんのですか」

一瞬、紀市が身を固くした。

「祇園におられるのではないですか」

紀市の肩がこわばった。

「失念しておりました」

源斎は煙草盆を引き寄せると、煙草入れから煙管《きせる》を取り出して火をつけた。

「失念とはどういうことですか」

煙を吐きながらゆったりと訊ねた。

「ほんまのことやったんか、幻やったんか」

紀市はうめくように言った。

ひよどりの声が途切れた。

「先生、月日が経っても、やってしもたことは消えへんもんですなあ」

思い出をたどるような口調だった。

「男の子ですか、女の子ですか」

源斎はゆるやかに煙をくゆらせた。

「久仁之助《くにのすけ》と申します」

「母親は……」

紀市の背が丸まった。

「松志摩《まつしま》と申します」

「お内儀と一緒になられる前のことですな」

「はい、笛が上手な祇園の芸子で……気に入って身受けいたしました」

「久仁之助さんを後継ぎにはなさらないのですか」

紀市は首を横に振った。

「事情がございまして……」

「話していただけませんか」

「もとはと言えば、つまらぬことでございます」

溜息をつくと、紀市は声を低めて語り出した。

「親から嘘はつくな、天に唾を吐けば己に返ってくると教えられてきました。まさにその通りです。まさかあの時、ひょいと口から出た嘘がここまで大きくなるとは、夢にも思いませんでした。あっさりと事実を告げていたら、珍しくもない話で、それで済んだことです。何か、格好を付けたかったのでしょう」

「若気の至りは、誰にでもあることです」

「はい、誠にお恥ずかしい限りでございます」

紀市はうなだれた。

「あの頃、嫁をもらう気などありませんでした。気ままに動けへんようになるし、松志摩で十分満足してたんです。ところが父が縁談を持ってまいりました。断るわけにはまいりません。まあ、祝言を上げても、松志摩とこっそり付き合《お》うたらええと呑気に考えていたんです」

次第に声に力が戻ってきた。

「……妙香はこれまで会《お》うたこともないような女でした。見かけは松志摩とさして変わりませんでした。けど、深窓で大切に育てられ、父親や親戚以外の男とは話したこともないという、うぶな生娘《きむすめ》でございました。私を前にして頬を染めている姿を見たとき、この世にこんなしとやかな女がいたのかと驚きました。話してみますと頭がよくて書物も沢山読んでいました。この娘と添えたら男冥利《みようり》に尽きるとさえ思いました」

紀市の顔が赤く染まった。

「あなたにはこれまで誰か女人はおませなんだんか、と妙香の父から聞かれたのです。咄嗟に、いいえ、誰もおりません、仕事に追われるばかりで、と答えました。ほう、立派ですなあ、と感心されました」

紀市は嘆息した。

「あの時、祇園におります。子どももおりますが、けじめをつけます、と答えれば、事は済んだはずだったのです。よう思われたい一心やったんです」

手拭いで額をぬぐうと、

「妙香は私と添うことに異存ありませんでした」

「たしかに今さらお内儀に久仁之助さんを後継ぎにしたいなどとは言えた義理ではありませんな」

「何しろ、子どもができないなどとは夢にも思っていませんでした……。いつの頃からか、妙香も口にこそ出しませんでしたが、悩んでいたようです。お参りに行ったり、願掛けをしたりもしているようでした。それでもそのうちできるだろうと、高をくくっておりました。

三年ほど前のことでした。妙香が後継ぎの話を持ってまいりました。姉の息子でございます。もちろん、反対する筋合いはありませんでした」

「それからだんだん気分が落ち込んで、具合が悪くなってきたわけですな」

「はい、そう言われればそんな気もいたします」

紀市は両手で顔を覆った。

少しして手を下ろすと源斎の方へ身体を向けた。

「どうにかならへんでしょうか」

「うーむ」

源斎はかつんと音を立てて煙管の灰を落とした。

「ずばり申し上げれば、甥御さんではなく、久仁之助さんを後継ぎにしたい、ということですな」

紀市は源斎の手をつかみ、無言でその手を取り上げて伏し拝んだ。

源斎はゆっくりと紀市の手を放した。

「難問が山積みですなあ。解決するのは一筋縄ではいかないでしょう」

庭の方を眺めた。

「先生、お助け下さい。この紀市、一生のお願いでございます」

涙を落としながら、紀市が板張りに額を押し付けた。

「うーむ」

源斎は腕を組んで考え込んだ。

やがて煙管を煙草入れにしまいながら、源斎はおもむろに立ち上がった。

「手立てはあるでしょう。しばし時をください」

二

仕事を早く終わらせて源斎は療治所を出た。なぜかわからないが、なんとなく気分が落ち込んでいた。

春の感じられる夕暮れだった。

四条通りに出ると釣り行燈や提灯が明か明かと列をなし、別世界に入ったようだった。

立ち並ぶ店の前を大勢の人が楽しげに行き交っている。

京人形の店で立ち止まり、ぼんぼりの灯りに揺れる雛人形を見つめる。

(あとひと月ちょっとでひな祭りが来るなあ)

まだ幼かった月江と一緒に菱餅を頬張ったものだった。あの女の子が今や身を挺して病人のために働いている。

物思いにふけりながら、人々の流れに押されて進んだ。沈みかかった日が祇園社を照らし、東山が黒々と浮かび上がっていた。

四条の橋を渡ると、左右に並ぶ芝居小屋が燃えるように浮かび上がった。笛や太鼓、呼び込みの声、束の間の歓楽を求める人々のざわめきが渦巻いていた。

橋の先を左に曲がれば縄手通り、右に曲がれば建仁寺《けんにんじ》通りである。

源斎は左に曲がった。

末吉町に入ると、雰囲気はがらりと変わった。

芸子たちがお茶屋の提灯の前を軽やかに通り抜けていく。みな足取りは優雅だった。

一般に若い女の仕事は限られているし、給金はようやく生活できる程度だ。きれいな着物を着て暮らすなどは夢の夢だった。だが花街に入れば、実入りも多く、存分におしゃれをして暮らせる。芸の稽古は厳しいが、努力すれば人並みにはできるようになる。運がよければ分限者の目にとまって、請《う》け出されて豪勢な生活もできる。持って生まれた花を咲かせられる。

「久しぶりどすな」

白地梅に浪模様の着物に身を包んだ喜久江がにこやかに源斎を迎えた。

一階の奥の小さな部屋に案内された。お茶屋はお客によって通す部屋が違う。そこは別棟の茶室と隣接した、特別な客のための瀟洒《しょうしゃ》な部屋だった。

床の間の古びた信楽焼《しがらきやき》に一輪の梅が挿《さ》してあった。喜久江の古雅な趣味が感じられた。

源斎はほっと一息ついた。

「薩摩《さつま》の焼酎が手に入りました」

喜久江は「都城《みやこのじよう》」と書かれた白い徳利を持ち上げてみせた。

「ほう、なつかしい。昔、わしが長崎に留学していた頃、都城島津《しまづ》から来ていた医者からもらって飲んだことがあった。それがきっかけで焼酎が病みつきになった」

二人は向き合って杯を交わした。

「月江はどうどすか」

「ようやっておる。気の休まらない厳しい仕事だが、一言の愚痴も言わん。それによく気が利く。国富屋の旦那もすっかり頼り切っておる。健気《けなげ》な娘だ。頭が下がる」

「そうどすか、うちではようめそめそしてるんどすけど」

「気の強いところはあんたゆずりだ。だが、優しい」

「うちかて優しおすやろ」

口を尖らせて喜久江はそっぽを向いた。

「そうだったな」

源斎はそれぞれの杯に焼酎を注いだ。

「実は聞いて欲しい話がある」

「へえ、何どすか」

喜久江は笑みを浮かべた。

「これはたとえばの話だが、ある富家《ふうか》の旦那に隠し子があった。長い間、それを連れ合いには秘密にしていた。連れ合いとの間に子は生まれなかった。

そろそろ後継ぎを、と考える頃合いになったとき、連れ合いは隠し子のことを知らないから、自分の縁戚の者を後継ぎにしようと言った。旦那もそれを了承した。

ところが旦那は、しばらくすると隠し子のほうを後継ぎにしたくなった。

さあ、どうしたらいいか。連れ合いと離縁してその子を後継ぎにするか。あるいは連れ合いに打ち明けて許しを乞うか。だが連れ合いがいやだといったら、話はこじれる」

「男の人というのはずるいもんどすなあ」

「そもそも、女がそうなるように仕向けるところもある。男というのは、分別があるようでない。女はとうにお見通しではないか」

「へえへえ、けど、それは身勝手というもんどす。嘘をついた罪は償わんといけまへん」

「それはそうだが」

「逃げ隠れしたらあきまへん。嘘は嘘を呼ぶんどす。ちゃんと打ち明けて詫びるんどす。先のことは、その時考えたらええことどす」

「だが、打ち明けるには相当な覚悟がいる」

「当たり前どっしゃろ。長年だまし続けてきやはったんやさかい」

「ふむ」

源斎は目を閉じて考えこんだ。

「さあ、ややこしい話はこれくらいにして須磨でも呼びまひょか。たまには舞でもご覧にならはったらどうどす。須磨も喜びますやろ」

喜久江は問題が解決したかのように声を明るくした。

源斎が国富屋を訪れたのは、紀市から相談を受けて三日目のことだった。

弾んだ足取りで妙香が出迎えた。客間に通され、向かい合わせに座った。

「ありがとさんでございました。おかげさまで元気が戻ったはります」

口調は軽やかだった。

「それはよかった。不穏な気配はありませんでしたか」

「まったくございません」

妙香は安堵した様子で答えた。

「先生、いったいどこが悪かったんでしょうか」

「どうやら悩みがあったようです」

「へえ、悩みって何でございますのやろ」

首をかしげる妙香を源斎は正面から見据えた。

「長い間、心の奥底に仕舞われていた悩みです。だが消えていたわけではありません」

「と、言わはると……」

「その悩みに代わって、黒雲みたいな憂うつな気分が湧いてきました。それが心を覆ってしまったのです。世の中が真っ暗になって、そのうち生きる気力までなくして、あんな風になってしまわれたのです」

「ところが黒雲に切れ目ができた。すると忘れていたことが表に現れたというわけです」

「そうどすか」

「それは何どすやろ」

妙香は身を乗り出した。

「それはご亭主からお聞きになってください」

源斎が答えたその時、紀市が現れた。急ぎ足で来たようだった。

「店に出ておりました。失礼いたしました。おかげさまでやる気が出てまいりました。先生、ほんまにありがとうございました」

源斎は妙香を向いた。

「失礼ですが、ちょっとだけご亭主と二人だけにしていただけませんか」

妙香は落ち着かない様子でその場を離れた。

源斎は紀市と差し向かいになった。

「いろいろと考えてみました。結局、こればかりは私ではどうしようもありません。人として、あなた自身が向き合わないといけないことだと思います」

「はい」

「率直に申しますと、逃げるのは拙《まず》いと思います。これまでお二人で頑張ってこられたじゃありませんか。かくなる上は堂々と久仁之助さんのことを打ち明けて、お詫びしてはいかがでしょうか」

「ああ、そんな……とてもできません。恐ろしいことです」

青ざめて、紀市は天井を見上げた。

「妙香がどう申しますか……」

「ここまで来たら腹をくくって、真実を打ち明けるしかない。国富屋の主だとか、すべての立場を捨てて、裸一貫になるのです」

紀市は目を閉じ、両手で頭をかかえこんだ。

「しばらく考えさせてください」

「今お話しするのがよろしかろうと存じます。私が横におります」

紀市の全身がひきつるように動いた。

「うーむ」

顔が紅潮した。

「わかりました。いつまでも、逃げおおせるもんやなさそうですな……」

口を真一文字に結んだ。

源斎は立ち上がって襖を開けると隣室をのぞいた。妙香と月江が並んで控えていた。

妙香と視線が合った。

「ご亭主からお話があるそうです」

源斎は言った。

妙香が入って来た。源斎と紀市を交互に見やる。異様な気配を感じ取ったのか頬がこわばっている。

紀市と向き合うように妙香が座ると、源斎は紀市を見てうなずいた。紀市は大きく息を吸った。

「お前に詫びんといかんことがある」

嗚咽《おえつ》せんばかりの声だった。

刹那、妙香の身体が後ろにそった。

「実は……長いことお前を偽ってきた。許してくれ」

紀市は唇がわななくだけで、それ以上言葉が出なかった。

「女《おなご》はんがいたんどすな。お子は……お子は生《な》したんどすか」

妙香が言葉を継いだ。絞り出すような声だった。

「実はお前と祝言を挙げる三年ほど前に生まれていた」

紀市はがっくりと首を垂れた。

「どうしても打ち明けることができんかった……許してくれ」

言いながら両手をついて、額を畳に押しつけた。

「女はんとお子にこっそり会《お》うてはったんどすか」

低くてすごみのある声だった。

「いや、お前と一緒になってから一遍も会《お》うてへん。過ぎたことは考えへんようにと仕事に打ち込んだ。お前もようわかってる通りや。くじけそうになるとお前に縋った。いつの間にか子どものことは忘れておった……」

お互いの呼吸が聞こえるほどの静けさが続いた。

「お会いになりたかったやろうに……」

妙香が溜息をつくように沈黙を破った。

「そういえば、一緒になった頃、何かもやもやしたものは感じてました。そういうことやったんどすか」

妙香の肩が下がった。

「うちの手前、辛抱しやはったんどすなあ。しんどおしたやろ」

妙香は紀市に近寄って、身体を起こした。

「うちが悪かったんどす。子どもがでけしまへんかったさかい。いつも旦那様には申し訳のう思てましたんや」

頭を垂れたままの紀市に顔を寄せて、小さな声で訊ねた。

「お子のお名前は……」

「久仁之助」

「お母様は」

「松志摩という」

「何してはる人どすか」

「昔、祇園の芸子やった」

妙香は唇をかんだ。膝の上で握りしめた拳《こぶし》が震えている。

「久仁之助を後継ぎにしたいということどすな」

「すまなんだ……許してくれ」

紀市は声を詰まらせた。

妙香はゆっくりと源斎の方に向き直った。

「ありがとうございました」

何とも言えない眼差しだった。

「申し訳ございませんが、今日のところは私らだけにしていただけませんやろか。妙香とじっくり話し合ってみたいと思います」

顔を伏せたまま、紀市が喘《あえ》ぐように言った。

「わかりました」

源斎が立ち上がると、部屋の隅に控えていた月江も後に続いた。

襖を閉じた途端、妙香の号泣が響いた。紀市の泣き声が重なった。


翌日、国富屋を訪問すると、紀市と妙香が揃《そろ》って出迎え、丁重に座敷に案内された。

源斎が座ると、妙香が落ち着いた口調で話し始めた。

「旦那様はすべてをお話し下さいました。お悩みをわかってあげられへんかった我が身が恥ずかしゅうございます」

妙香は隣に座る紀市にちらりと視線を投げた。

「一緒になったばかりの頃は子どもが生まれたら男やろうか、女やろうか、女やったら婿をとろか、などと二人で話し合っておりました。残念なことどすけど、子宝には恵まれませんでした。何しろ、いつもきちんと算盤《そろばん》をはじいて、事を進めて行くお方です。先行きを心配してはったんやろ思います」

「いや、私が至らんかったばかりに、皆様にご迷惑をおかけしました」

紀市が頭を垂れた。

「国富屋の暖簾《のれん》を守りとおすことが、嫁の私の務めでございます」

ためらいを振り切るように妙香が語気を強めた。

「花街に女の一人や二人いようと、気に病むようではこの店を守ることはでけしまへん。久仁之助を引き取って、母親として立派に一人前にいたします。それが国富屋の妻の甲斐性というものでございましょう」

源斎はうなずくばかりだった。

「久仁之助は私がもらい受けに参ります。旦那様の血をひいたお子でございます。やがては国富屋を取り仕切れますのや、久仁之助にも悪い話やないと思います」

勢いよく言って、妙香は胸を張った。

「確かに筋の通った話です。だが、世の中は筋ばかりで動くものではありません。心というものがあります。松志摩さんの気持ちを考えてみてください。簡単にはお会いにもなれんでしょう」

源斎が言うと、妙香は悄気《しょげ》た顔をした。

「先生、どうしたらよろしおすやろ」

「松志摩さんが、今どうしているのか。久仁之助さんがどんな人なのか、とりあえず探ってみる必要がありましょう」

妙香は紀市と目を見合わせた。

源斎はふと、喜久江を思い浮かべた。

「月江を呼んでください」

妙香が次の間に声をかけると、襖を開けて月江が入ってきた。

妙香の少し後ろに控えるように座った月江に、源斎は声をかけた。

「お母さんは、松志摩さんと知り合いじゃないかな」

「へえ、昔ご一緒に仕事さしてもろたと聞いたことはあります」

「よし」

頷くと源斎は、紀市と妙香を向いた。

「これからよし屋に行って、直《じか》に女将に訊ねてみましょう」

源斎が言うと、間髪《かんはつ》を容《い》れず、

「よろしゅうにお願い申し上げます」

紀市と妙香が頭を下げた。

三

これまでの紀市は昔のことだけにこだわって、生きる気力を失っていた。だが今は、先のことに目が向いていた。自死の危険は去ったと判断した源斎は、見送りに出た妙香に、月江を通いに戻すことを伝えた。

先に月江を帰らせ、源斎は往診を済ませてからよし屋に立ち寄った。

訪《おとな》いを告げると、すぐに玄関先に喜久江が現れた。

「国富屋さんはあんじょういったんどすな。ぎょうさん贈り物をもろて帰ってきました」

「月江が頑張ってくれたおかげだ。お礼にうかがった」

母親の横で月江が恥ずかしそうに頭を下げた。

「それはよろしおしたな。こんなとこですんまへんけど、口漱《くちすす》ぎに一杯どうどすか」

源斎は上がり框《がまち》に腰を下ろした。

月江がお盆に載せて「都城」と清水《きよみず》焼の焼酎杯を持ってきた。

「もうちょっと様子を見たい。明日からも日中は月江を通わせたいのだが……そう長いことではない」

「ここまできたら、しょうがおへんわなあ」

「かたじけない」

源斎は頭を下げると杯を手にした。

「実は、もう一つお願いがある」

「何どすか」

「松志摩という芸子さんについて聞きたいことがあるんだが」

喜久江は顔をしかめた。

「花街というところは、知りとうても、言いとうても、訊ねへん、話さへんことになってますのや。人様のことは話できまへん。花街は秘密を守るのが一番なんどす。秘密をとったら、花街なんて何も残らしまへん」

「まあ、そう言うな。どうしても解決せねばならぬことがある」

「とりあえず、事情を全部話しておくれやす」

「患者の秘密を話すのか」

「当たり前やんか。うちかて松志摩さんのことを話すんどっしゃろ」

源斎は口ごもった。

「やむをえんなあ」

焼酎を口に含むとしぶしぶ話した。

聞き終わると、喜久江は神妙な顔つきをした。

「こうなったら何とかして久仁之助さんに後継ぎになってもらわんとあきまへんなあ。けど、これは難儀なことどっせ」

源斎から杯を取り上げると、喜久江も一口含んだ。

「松志摩さんのお母さんも、おばあちゃんも祇園の芸子どした。生粋《きっすい》の祇園の女どす。うちも代々祇園どすし、親の代から付き合いがおました。松志摩さんは、うちよりちょっと年下どした」

「別嬪《べっぴん》か」

「そら、もう目の覚めるような……同じ女でもこうも違うんか、と羨ましかったもんどす。それに笛に長《た》けてはって」

「そんなにうまかったのか」

「祇園の竜田川《たつたがわ》いうあだ名がついて、もてはやされはったもんどす」

「何だ、その竜田川というのは」

源斎が訊ねると、

「百人一首、在原業平《ありわらのなりひら》の歌からきたあだ名どす」

喜久江は目を閉じて諳《そら》んじた。

「ちはやぶる　神代も聞かず　竜田川　からくれないに　水くくるとは」

「どんな意味だ」

喜久江は微笑した。

「あの不思議なことが多かった神様の時代でも聞いたことがない。竜田川に紅葉が散って、こんな風に美しい紅色に水を染めるとは……。そんな意味どす。松志摩さんの笛も神代にも聞いたことなどない、そんな笛どした。あんな華やかな笛を吹く人、松志摩さんの後にも先にも聞いたことおへん」

「ほう」

喜久江は続けた。

「おばあちゃんの代から笛吹きどした。いえ、きっとその前からもそうどっしゃろ。朝から稽古、稽古。師匠の幽雪《ゆうせつ》はんも顔負けの腕前どした。ところが急に破門されはったんどす。幽雪はんいう人は……腕は立つけど飲んだくれで、子どもみたいなんどす。嫉妬しはったんちゃいますやろか」

「松志摩はがっくりきただろう」

「とんでもない、そのまま引っ込むようなお人やあらしまへん。鞍馬《くらま》のお寺にこもって稽古されたいう噂どす」

「我が道を行くか。一度聴いてみたいものだ」

「今でも昔からのお客さんの語り草どす。皆さん聴きたがったはります」

　喜久江は続けた。

「くだんの国富屋の若旦那、紀市さんどすな。ようお茶屋にお出でどした。確か、花《はな》園屋《ぞのや》はんやったと思います。男前で優しゅうて、御祝儀もはずまはりました。うちなんかもたまに呼ばれて、憧れてましたんや。

　まあ、当たり前のことどっしゃろ。松志摩さんに惚《ほ》れ込まはりました。けど、ほんまのとこ松志摩さんの方が熱を上げはったみたいどす。紀市さんは松志摩さんの笛を他のお客さんが聴かはると、えらい悋気《りんき》しやはったんやそうどす。すぐ松志摩さんを請け出さはりました。相当なお金を積まはったいう噂、祇園の語り草どした。あの頃の松志摩さん、まだ若《わこ》うて、十七、八どっせ。それまで一切男っ気なんて聞いたこともあらしまへんどしたし」

源斎は身を乗り出した。

「下河原に大きなお屋敷をあてごうてもらわはって、四、五人女中を置いて、ゆったりした暮らしをされてました。毎晩のように旦那さんが笛聴きにおいでどした。そんな身分にならはっても、笛のお稽古に励んではりました。『旦那さんはええ耳したはって、ちょっとでも間違うたら機嫌を損ねるさかい、精進せんとあかんのや』て言うたはったんを思い出します。そうこうしているうちに、やや子ができはって」

「久仁之助だな」

源斎がうなった。

「そうどす。それからは、松志摩さんのところから店に通たはりました。久仁之助さんを目に入れても痛《いと》うないほど可愛《かわい》がっておいでやしたそうどす。抱っこして歩いたはるところを見かけたこともありました。そやけど、ええ時いうのは長続きしいひんもんどすなあ」

喜久江の言葉が途切れた。

「紀市さんの姿がぷっつり見えへんようになりましたんや。どうしたんやろうとみんなで不思議に思うてましたけど、大坂のええとこの娘さんと祝言を挙げはったいうことどした」

「その頃、久仁之助は何歳だったのか」

　喜久江は指を折って数えた。

「確か、四歳くらいどしたやろねえ」

「そうか。可愛い盛りだな」

「うちらはやがて松志摩さんのとこに戻って来やはるもんやと高をくってました。松志摩さんもそう信じたはったはずどす。ところが待てど暮らせどお見えにならはらへんかった。とうとうそれっきりになったようどす。ようわからんお方やとみんな思うてました」

「行きたい気持ちを我慢しておられたんだろう」

　月江が焼酎のお代わりを持ってきた。

「それほどの芸子だったら、すぐいい人ができただろう」

　急に喜久江の声が険しくなった。

「相変わらず女を下にみてはりますにゃね。わざわざ言うことやないけど、祇園の女はなかなか情を移しまへん。けど一度惚れたとなると惚れ通すもんどす。松志摩さんは特に意気地《いくじ》の強い人どした」

「そうか」

「松志摩さんの笛をいっぺん聴かはったらわかります。艶《あで》やかやけどまっすぐどっせ。旦那さんに裏切られようとどうしようと変わりまへん。笛いうのは、つくりは簡単やけど、それだけに恐ろしい楽器なんどす。吹く人の心が映し出されまっさかいね」

「そういうものか」

「いまだに、一人で稽古し続けたはります」

喜久江の毅然とした口調に気圧《けお》されながら、源斎は肝心のことを聞いた。

「紀市さんへの恨みも深いだろうなあ」

「あの気性やと、半端やない思います」

源斎は腕を組んだ。

「そうなると、とても紀市さんとは会う気にならんだろうなあ」

「会うくらいやったら、舌かまはるんちゃうやろか」

「となると、久仁之助も手放さないだろうな」

「当たり前どすやん」

喜久江は大仰に目を見開いた。

「うーむ」

源斎は頭がくらくらした。酒のせいばかりではない気がした。

「あの人がうんと言わん限りは、久仁之助さんを引き取るなんぞ出来しまへんやろ。

源斎さんは女の執念の根深さをわかったはらへん」

「やっかいなことを引き受けてしまった」

「小さい頃からおっちょこちょいやったしい」

源斎は言葉もなく杯の花模様を眺めた。

「ところで、久仁之助というのはどんな男だ」

気が滅入ってくるのを抑えて源斎が訊ねた。

「小さい頃からよう知ってます。お人形さんみたいなぼんどした。祇園町にもよう連れて来られて、芸子さんやらに抱っこされてました。祇園生まれみたいなもんどした。松志摩さんは、そらあ、目に入れても痛《いと》うないくらいに可愛がったはりました。おかげでわがまま放題に育ってしもて」

喜久江は大きな溜息をつくと続けた。

「大きなってきたら、役者さん顔負けのええ男にならはって、そら女子《おなご》はほっときまへんわなあ。祇園をまるで蝶々《ちょうちょう》みたいに飛び回ったはるんどすて。芸子さんからお小遣いをもろて、仕事もせんと毎日遊び暮らしてるみたいどす」

「うーむ」

「うちの見立てやと、言うたら悪いけど、あんなんやったら、国富屋さんの後継ぎどころやあらしまへん。今さら仕事をするやなんて、無理に決まってますやん」

源斎は全身の力が抜けるのを感じた。

「それに久仁之助さんは、お母さんの言いなりどすさかいねえ。末は大金持ちになろうとなるまいと、お母さんといられさえしたら、ええのんと違いますか」

「逆に言えば、母親がやれと言ったらどんなことでもやるということか」

見込みを確かめるように、源斎は独りごちた。

「まあ、夢物語もええとこどっせ」

「いや、簡単に引くわけにはいかん。松志摩とやらにも、情の一滴くらい残っているはずだ。一人でいるというのは、裏を返せばまだ未練があるということだろう」

喜久江は答えなかった。

「物事というやつはやってみないとわからん。わしは最後の最後まで諦めぬ。絶対に治すと腹を決めて患者にも当たっておる……医術と同じだ、何とかして説得する」

「そうまで言わはるんにゃったら、やるしかありまへんなあ。うちもお手伝いしますわ」

喜久江は言いながら、源斎の杯に焼酎を注いだ。そして月江を向いた。

「あんたも、もうひと頑張りせんとなあ」

「はい」

「お前は久仁之助を知っているのか」

源斎が月江に訊ねた。

「へえ、子どもの頃いつも一緒に遊んでました。気は弱いし泣き虫やし、男の子にいじめられてました。逃げてきてはうちら女の子とばっかし遊んでたんどす。いつも、『女の子に生まれたらよかったのになあ。きれいなべべ着て、舞も舞えるさかいに』て羨ましがってました」

「しようもないなあ」

思わず源斎はつぶやいた。

「えろうませてて、男と女の話もよう知ったはりました。うちが舞子に出た時も、いっぱしのお客気取りでお座敷に呼んでくれて、御祝儀までくれはったんどっせ」

「口説かれたのか」

「へえ、誘われたことはおました。けど、女やったら誰でもええんどすやろ。せやし、ぴしゃっと手をたたいてやったんどす」

話しながら月江がためらう様子を見せた。

「どうしたんだ。何かあるのか」

「へえ、実はこの頃、困ったことになってるんどす」

月江が浮かない顔つきで言葉を継いだ。

「今、久仁之助さん、向かいのふく内さんにいはる舞子のふく椿《つばき》さんに惚れてはりますねん」

「それはあかん。ふく椿には旦那さんがいはる」

喜久江が声を上げげた。

「へえ。会うときはいっつも三人一緒どしたけど、たまにふく椿さんの笛を聴かせてもろたりしてましたんや。そのうち他の芸子さんには目もくれへんようにならはって、えらい変わりようにみんな驚いてますねん……」

源斎が喜久江を向いた。

「そう深い仲じゃなさそうだが、これから心配だな」

「そうどすな。いつ火がつくかもしれまへんわな。まさかと思いますけど、好き合《お》うて、駆け落ちするてなことまでならんとええけど……」

「うーむ。そうなれば後継ぎどころでなくなるな……」

源斎は喜久江と顔を見合わせた。

「ところでふく椿はいくつだ」

「十三どす」

月江が答えた。

「えっ、その歳で旦那がついているのか」

「不思議な子なんどす。かぐや姫みたいに月の都から来たような、この世離れしたお顔をしたはります。別嬪さんやと思たらそう見えるし、お能の面《おもて》みたいなお顔に思えることもあるんどす。それに、あの歳であんだけ上手に笛を奏でられる子は、見たことも聞いたこともあらしまへん」

「ほう、笛か。久仁之助のお母さんも名手だったな」

「どうやら笛が鍵みたいどすなあ」

喜久江が呟《つぶや》くように言った。

その言葉を潮に源斎は立ち上がった。

見送りを断ってよし屋を出ると、日はとっぷり暮れていた。

（笛が鍵か……）

通りは提灯に照らされてにぎわっていたが、源斎は闇の中を歩いているような気分だった。

第三章　魔王流

一

ぱさりと音がした。
ふく椿は我に返った。
足元に椿の花が首落ちしていた。
鴨川《かもがわ》の堤を照らす日差しは春らしかったが、川から吹きつける風は冷たかった。
思わず身震いした。
(お母さん、いったい、どこにいはるんやろ。お達者やろか)
朝日を映してきらめく流れの先を見送った。
それは思い出せないほど遠い昔の出来事だった。
あの頃、ふく椿はお春《はる》といった。
(なんであんな貧しい生活をしてはったんやろか。ほんに不思議や。けど、うちは子

どもやったし、そんなことまで考えたこともなかった。幸せやったんや）

晴れた日になると、母は小さな座布団を抱え、お春の手を引いて家を出た。

往来の多い三条通りを横切って小道に出、西に進むと人影が消え、鴨川の堤に突き当たった。

堤に上ると、この椿の巨木が今に変わらずそびえ立っていた。

木陰になった草の上に並んで腰を下ろした。

眼下を流れる水の照り返しが母の顔に映った。首筋には一本のおくれ毛もなく、耳は肉が薄く、鼻筋はすっきりと通っていた。

（大きゅうなったら、お母さんみたいになれるやろか）

母の手のひらの温かみを感じながら、川面に落ちた椿の花が見えなくなるまで見送ったものだった。

「どこに流れて行くにゃろなあ」

お春は訊ねた。

「そら、素晴らしいとこやろえ」

母がささやくような声で答えた。

帯の間に手をいれると母は細長い金襴緞子《きんらんどんす》の袋を取り出した。

袋には朱塗りの笛が入っていた。渋い深みのある輝きに包まれ、管尻《かんじり》には小さな丸い模様が刻んであった。遠い昔に作られた、いわれのあるものということだった。

母は座布団の上に背筋を伸ばして正座した。目を閉じて笛を真横に構え、歌口《うたぐち》に唇を当てた。長く細い指が七つの指孔《あな》の上に乗った。

不思議な生き物のように指が動き始めた。

川の流れに妙なる音が混じり、だんだん強くなった。

気高く厳《おごそ》かな空気が漂って景色が変わった。

日が陰ったかと思うと雨が降り始めた。風が強くなり、木の葉の群れが狂い出したように舞った。母の指は目にも止まらぬ速さで動いた。

お春は風に舞う落ち葉になった。

雪の向こうに春霞《はるがすみ》がかかった。

指が止まり、再び川音が戻って来た。

全身が洗われたようにすがすがしかった。

母は布で笛を磨きながら、

「これはお母さんの命や」

とつぶやいた。

笛を袋に納めるのはお春の仕事だった。

忘れもしない、雨上がりの蒸し暑い昼下がりのことだった。母は笛をお春の手に握らせた。

お春は母の顔を見上げた。

「もう六歳になったんやなあ、お稽古事は六歳六月六日からというのえ。さあ、ちょっと吹いとおみ」

お春の手が震えた。

母のするように背筋を伸ばし、弧を描くように笛を口に運んだ。唇を当てると、まだ温《ぬく》もりと湿りが感じられた。指を指孔の上に載せて微《かす》かに動かして位置を確かめた。

母はお春の構えを見守りながらうなずいた。

「吹くのやない、お腹から響かせるのえ。思い切ってやってみよし」

最初は音にならなかった。

「下唇を動かしてみ。音の出る位置がわかる」

言われるように歌口の上で下唇の位置を微妙に探った。

「肩に力を入れすぎたらあかん」

笛が勝手に走り出した。

「よう耳を澄まして、自分の音と周りの音を聞いとおみ」

母の声がした。同時に、流れの音に混じって椿の葉群《はむれ》のざわめきが聞こえた。

「なるべく自然に息をする。けど、吸い込むときはいっぱい吸い込む」

吹き続けながら母をうかがった。

「笛は吹き手の命の声なんや」

母が笛を手に取って一節吹いてみせた。

「こんなふうに吹いてみよし」

お春は懸命に真似《まね》た。

ようやく音になった。

「ええ声してる。神様もご満足やろえ」

「もっと上手になりたい」

「笛は教えられるもんやない。お母さんのやり方をしっかり見て聴いて、身体で覚えるんや。指の動かし方、息の仕方、持ち方には特に注意せんと。親指の置き方で音色が変わるのえ。息の入れ方が大事やな。だんだん、力を入れんと吹けるようになる」

お春は笛の稽古が待ち遠しくて、いつも空を見上げ、晴れの日を祈るようになった。

無我夢中で笛を吹いた。母は叱りもしないし褒めもしなかった。

次第に笛を持つ位置や、肘や手首の具合、歌口に触れる下唇のあそび、指孔を押さえたり放したりする速さや力の加減がわかってきた。指先を細かく動かして、彫り込みのある陰影をつけられるようになり、力を入れなくても、力強い表現もできるようになった。

母の響きは、水音や葉群を流れる風の音などに合わせて自在に変化した。お春は自然の中に歌があることを知った。だが母のように周りの響きに合わせることなど、とてもできなかった。

母は曲の名前を言わなかった。お春は勝手に「うぐいす小唄」とか「歌う風」とか、「木犀《もくせい》のかおり」と名前をつけて楽しんだ。


お春の家は、入り口に戸の代わりに蓆《むしろ》を下げただけの五軒長屋の一角だった。入ると土間があり、水瓶《みずがめ》と小さな竈《かまど》と流しがあった。母はその竈でお湯を沸かし、ご飯を炊いた。

部屋は六畳一間で押し入れもなく、部屋の片隅には布団が小さくたたまれ、着物などを入れた柳行李《やなぎごうり》が積まれていた。

長屋の中央に井戸があった。晴れた日の午前には住人たちが桶をもって集まり、にぎやかに語り合っていた。そこへ近づく母の姿はみんなに比べると、鶴のようにひときわ輝いて見えた。

だが母が挨拶しても、それに応える者はいなかった。

母は言い訳するように言った。

「田畑を売って、京の町に出て来はった人ばかりや。話が合わへんわ」

昼間は井戸端に長屋の子どもたちが集まって、鬼ごっこやかくれんぼをして遊んでいた。お春は彼らの乱暴さが怖く、あまり遊びには加わらなかった。

入相《いりあい》の鐘の鳴る頃、母はお化粧をして家を出た。着物は粗末な無地の小袖だったが、よく似合っていた。母はすぐ近くにある縄手通りの料理屋に通っているということだったが、店の名はわからなかった。

夜は何もすることがなかった。薄い壁越しに隣のにぎやかな話し声を聞いているうちに眠ってしまった。眠ればお化けも怖くなかったし、楽しい夢も見ることができた。

朝目が覚めると横に母が眠っていた。

お春は母の息遣いを聞きながら寝顔に見とれた。

寝床から抜け出して土間の前に腰かけると、ときどき竈の脇に饅頭《まんじゅう》や飴《あめ》が置かれていた。だがお春は母の目が覚めるまで手を付けずに我慢した。

「お春、お土産があるやろ」

起き出した母に声をかけられると、お春は母の前に正座して、

「おおきに、お母さん」

とお礼を言った。それからお土産に手を付けた。

「お前は行儀よしやなあ」

母は微笑した。

それから竈の前に腰を下ろして母はご飯を炊いた。お米は小米《こごめ》で、炊き上がるとその上からおからをのせた。質素ではあったが、母と一緒に食事をするだけで嬉しかった。

雨が降ると笛が吹けないのは残念だったが、母は絵本を出して読み書きを教えてくれた。母に寄り添って字をなぞっていると心が浮き立った。


いつの頃だっただろうか。お春は夜中に目が覚めるようになった。

最初は母がばたばたもがきながら泣いているように思った。心配になったが、

（夢だろう）

そう思ってすぐに忘れてしまった。

ある夜、壁の隙間から差し込んだ月の光の中に白い裸の姿が浮かび上がった。母が誰かに抱かれて、喘ぎながら身体を動かしていた。家が揺れていた。母は押し殺したすすり泣きのような声をあげていた。

恐ろしくてお春は縮こまった。

やがて謎が解けた。

母はしばしば夜遅く男と一緒に帰って来るのだった。そして一刻《いっとき》（約二時間）ほど

すると男は帰って行った。母のしていることを考えただけで、お春は胸が苦しくなった。

「うちのお父さんはどこにいやはるんやろ」

ある日訊ねたことがあった。

母は何も答えずに背を向けた。

やがて向き直るとお春に微笑《ほほえ》みかけた。頬がこわばっていた。無理に作った笑顔だとわかった。思わずお春は母の手を握りしめた。

(ごめんなさい、お母さん)

それから父のことには触れなかった。


お春が十歳の時だった。

母の横に男が立っていた。

「与兵衛《よへえ》さん。これから一緒に住みます。あんたのお父さんになってくれはることになったんえ」

がっちりした体格で、目の鋭い厳《いか》めしい顔つきをしていた。

「ほう、立派な娘ごだな」

重々しい声だった。

お春は両手をついてお辞儀をした。

「お行儀もいいんだな」

与兵衛が言うと、母はにこりとした。

夜になると、母と与兵衛は連れ立って仕事に出かけた。朝お春が目を覚ますと、母は与兵衛に抱かれて眠っていた。

これまでのように母はかまってくれなくなった。一緒に鴨川堤の椿の木の下に行くことも、本を読んでくれることも、頬を寄せ合って言葉を交わすこともなくなった。

家の中は煙草の臭いが立ち込めるようになった。

気分が悪くなったが、その代わり生活は豊かになった。白いご飯を食べられて、珍しい干物やかしわが出るようになった。

「これはお父さんが買《こ》うてくれはったんえ。おおきにお父さん、言うねん」

母が風呂敷を開くと真新しい着物が出て来た。

「おおきに、お父さん」

お春は言われるままに与兵衛をお父さんと呼び、お礼を言った。

早速母は着替えさせてくれた。

その着物を着て長屋の子どもたちのところへ出かけて行った。

みんなが寄って来た。

「ええべやなあ」

「よう似合《にお》てるし」

「ええなあ、お春ちゃん」

息せき切ってお春は家に戻った。

与兵衛は正座して本を読んでいた。

「お父さん、みんな羨ましがってた」

与兵衛はお春を見た。

「おう、それはよかった。また、買ってやろうな」

お春は初めて与兵衛と笑顔を交わした。

書方《かきかた》をしていると与兵衛が後ろからのぞき込んできた。覆いかぶさるようにして、筆を握っているお春の手に自分の手を添えた。

「こんな風に書くんだよ」

お春は一緒に筆を動かした。たちまち見事な字に仕上がった。

「この子は筆筋がよい」

与兵衛が言った。母は誇らしそうに与兵衛を見つめた。

気が向くと与兵衛はさまざまな物語をきかせてくれた。

お春は、牛若丸《うしわかまる》が弁慶《べんけい》を打ち負かした話が好きだった。

「牛若丸はどんな笛、吹いてたんやろか」

お春はいつも同じことを訊ねた。

「お母さんの笛のようなものではなかったかな」

答えを聞くたびにお春はうっとりとなった。

「お父さんのお話がよっぽど面白いんやな」

母が笑った。


祇園祭りの宵山は多くの人で賑わっていた。

お春は母と与兵衛に手をつながれて歩いた。

簪《かんざし》を並べた夜店の前でお春は立ち止まった。

与兵衛の手を引っ張った。

「あれ欲しい、お父さん」

「よしよし」

二つ返事で与兵衛は椿の簪を買うと、しゃがんで挿してくれた。

「かわいいぞ、よく似合ってる」

頬に酒臭い熱い息がかかった。もう前のように嫌ではなくなっていた。

季節外れの椿の簪だったが、それからお春はいつもその簪を挿すようになった。

蟬《せみ》がうるさく鳴く暑い日だった。

突然、激しい夕立が来た。外で遊んでいたお春はずぶぬれになって家の中に駆け込んだ。

母親は出かけていた。与兵衛が一人、薄暗い部屋で酒を飲んでいた。褌《ふんどし》一丁で浴衣《ゆかた》を肩にひっかけているだけだった。

「お春、ずぶぬれではないか」

与兵衛は口元に薄笑いを浮かべた。

お春はとっさにあとずさりした。

「着替えねばな」

返事も聞かないうちに、与兵衛は立ち上がった。

羽織っていただけの浴衣が床に落ちた。

お春の腕をつかんで座敷に引き上げた。

「さあ、風邪《かぜ》をひくぞ」

お春は得体のしれない怖さに襲われた。

立ちすくんでいると、与兵衛が帯をほどいてきた。

「拭いてやろうな。早く脱ぐがいい」

お春をうつぶせにすると、素手で頭から足の先まで撫《な》でるように拭いた。

「さあ、今度は上を向いて」

お春は仰向けになると膝を合わせ、両手を胸に当てた。与兵衛の粘ついた唇が首に触れ、酒と煙草の臭いと荒い息遣いが顔を覆った。与兵衛の手が膝を開いた。

（お父さん、いや……）

恐怖でお春は気を失った。

「お母さんには内緒だぞ」

もうろうとする中で与兵衛の声が聞こえた。

お春は目を閉じたまま返事をしなかった。

「新しい着物がいるな。飴も買ってやろう。指切りだ」

与兵衛はお春の手をつかみ、強引に小指と小指を絡ませた。

我にもなく、お春はその指に応えていた。

母が帰ってきた。

与兵衛が出かけたのを見届けるや母がお春を呼んだ。

「何か粗相《そそう》したんか」

お春は母の膝の上にわっと泣き伏した。

「話しとおみ」

髪を撫でながら母が訊ねた。

入り口に与兵衛の姿が現れた途端、母がはだしで飛び出した。

「あんた、お春に何をしたんや」

金切り声で叫びながら両の手で包丁を握って構えた。

与兵衛は真っ青になって身体を引いた。

「出て行け」

与兵衛は一瞬お春に目をくれた。

お春は恐ろしさに部屋の隅で身を縮めた。

「わかった。荷物を取らせてくれ」

母は包丁を握り締めたまま与兵衛をにらみつけた。

与兵衛は逃げるように出て行った。

お春は畳の上に泣き崩れた。

母はお春の背中を抱きしめた。

「お母さんが悪かったな。これからは二人きりで暮らそうなあ」

二人で抱き合って泣いた。

また以前のような生活に戻った。食べ物も粗末なものに戻り、おもちゃを買ってもらうこともなくなった。ただお春は椿の簪だけは捨てられなかった。

母との笛の稽古の時間も戻って来た。

「音艶《ねづや》が出てきたなあ」

母はお春の成長を感じ取っている風だった。

再び男たちがやって来るようになった。

(お母さんは寂しかったんやろか)

結局、母が情を移した男は与兵衛だけだった。

思えばあの言葉遣いは武家のものだった。由《ゆえ》あって身を落とした武士だったのかもしれない。どこか母と通ずるところがあったのだろうか。

二

母がいない。

(夢やないか)

枕だけがぼんやり浮き上がっていた。

手を伸ばして、母の布団の中を探った。冷たいばかりで手応えがなかった。

お春は跳ね起きて周りを見回した。

土間にかけ降りた。履物を調べたが見当たらなかった。

下駄をつっかけ、走って家を出た。朝日に照らされた長屋の周りを廻《まわ》ると、井戸端に突き当たった。

女房三人が集まって、釣瓶《つるべ》で水を汲み上げ木桶に移していた。

「お母さんを見かけたはりまへんか」

お春が訊ねた。

場が静まり返った。

「見かけてへんなあ、どうかしたんか」

お久《ひさ》が釣瓶の縄を引くのをやめ、お春の顔を見た。

「そのうち、戻って来やはるやろえ」

桶を持ったままお静《しず》が相槌を打った。

「そうや、心配いらんわ」

みんな再び仕事に戻った。

お春はそのまま突っ立っていたが、誰も相手をしてくれなかった。

ふと、母が帰っているような気がして急いで戻った。

家の中は相変わらずひんやりしたままだった。

(何かあったんやろか。与兵衛が連れ去ったんやろか。まさか殺されはったんちゃうやろか)

じっとしていられなかった。

五軒長屋の間を探し回ってはすぐに戻った。それを繰り返した。

昼はお櫃《ひつ》に残っていたご飯を食べた。

たちまち日が暮れた。

食べものがなくなり、空腹でお腹が鳴った。柄杓《ひしゃく》のまま水を飲んで気を紛らした。

後は寝るしかなかった。布団にくるまって、隣の物音を聞いていると涙がわいた。

お化けの声が聞こえて目が覚めた。壁の隙間から吹き込む風が音を立てていた。

母の草履《ぞうり》の音が聞こえた気もしたが、それも木枯らしが立てる葉音のようだった。

お春は頭のてっぺんまで布団の中に潜り込んだ。母が悪い男たちにいじめられている姿ばかりが浮かんだ。

(そんなことあらへん。明日は必ず戻って来はるはずや)

自分に言い聞かせているうちに眠ってしまった。

寒くて目が覚めた。急いで起き上がって外に出た。

散らばった銀杏《いちょう》の落ち葉を踏んで、井戸端まで行った。

「やっぱりお母さん、帰ってきゃはらへん」

女房たちが顔を見合わせた。

「どうしゃはったんやろな」

「けったいやな」

「今日は帰って来はるやろ」

お久が励ますように言うと、お春の肩に冷たい手を当てた。

「そうや、あんなに可愛がったはったんや。もうちょっと待ってみい」

お静が言った。

それからまた水汲みの仕事を始めた。

家に戻り、火の気のない竈の前に立ちすくんだ。

「お母さん」

返事はなかった。

隣から朝ご飯の茶碗の音が響いてくる。

お腹がすいて、じっとしていられなかった。いつしか足は縄手通りに向かった。料理屋、旅籠《はたご》、お茶屋が並んでいたが、みな玄関は閉じていた。

色とりどりの野菜を並べた八百屋が目についた。顔見知りの親父が白菜を並べていた。

「おや、どないした」

親父に声をかけられた。

「お母さんを見かけたはりませんか」

「さあ、知らんなあ」

親父は木箱から野菜を取り出しながら答えた。

「帰って来はらんへんのどす」

「どこで働いたはったんや」

「へえ、料理屋さんと言うてはりました」

「何というとこや」

「わかりまへん」

「そら、困ったこっちゃな」

一歩近づいてさらに問いかけようとすると、

「すまんな、荷が届いたばかりや。じゃませんといてんか」

お春は立ち去った。

開いている茶碗屋や下駄屋など声をかけてみたが、何の手掛かりもなかった。

午後から出直して、お茶屋や飲み屋を訊ねて回ることにした。

北風の中を家に戻ると、母がしていたように布団をたたんで掃除をした。

部屋の隅には鏡と着物や帯などがあった。葛籠《つづら》には紅や白粉やこまごまとした道具が入っていた。袋に入った笛が目についた。

お春は笛を手に取って抱きしめた。

(きっと帰って来はる)

黄昏《たそがれ》も近くなり、冷え込みはさらに強くなった。お春は笛を帯にさして、北風の中を縄手通りに向かった。

おでん屋台の提灯が灯《とも》っていた。湯気の出る鍋をのぞき込んでいたおばさんが顔を上げた。

お春の話を真剣に聞いてくれた。

「ああ、そう言うたら、たまに見えてはったえ。あんたそっくりやった」

お春の胸は躍った。

「名前は何というんや」

「ちどりと言います」

「心当たりがある。訊ねたげよ」

おばさんは長い箸を置いた。

すぐ近くの「鳥よし」と看板のある料理屋の裏口に連れていかれた。

女将は睨《ね》めつけるように、お春を頭から足の先までながめた。

「うちで働いてはったけど、昨日から来いひんにゃがな。うちも困ってる。もし、帰らはったら、もう来《こ》んかてええと言うといてな」

すぐ引っ込んでしまった。

お春は足を引きずって家まで戻ったものの中に入る気がしなかった。

長屋の周りをうろついているとお久が声をかけてきた。

「まだ、戻って来はらへんか」

「へえ」

「おかしいなあ」

横にいたお梅《うめ》が言った。

「何も食べてへんのか」

お久が顔を覗き込んできた。

「いやあ、かわいそうに。ちょっと待ってよしや」

お久はすぐ向かいの家に入ると、にぎりめしを手に戻ってきた。

「おおきに」

お春はそこに立ったままで食べた。

「暗《くろ》うなってきたし、うちに戻っとったらどうえ。今晩はきっと帰って来はるやろえ。辛抱しよし」

お久は家の中に入ってしまった。

お春は帰るしかなかった。

すぐに布団に潜り込んだ。


次の朝も母は戻っていなかった。

今度はお梅がにぎりめしを持ってきてくれた。

食べ終わるとお春は母を探しに出た。

良く晴れて、その日は少し暖かだった。いつの間にか椿の木の下に立っていた。鴨川から吹いてくる風で、葉群が大きな音をたてて揺れた。

いつもの場所に座り、川の流れを眺めた。

(そう言えば、なんやふっと居はらへんようになる気がしてた。鶴みたいにどこかへ飛んで行かはった)

お春は笛を取り出した。

(千里向こうに居はっても聞こえるはずや)

願いを込めて吹いた。

十日ほどむなしく待ち続けた。長屋のおかみさんたちが代わる代わるご飯を持ってきてくれた。

お春がぼんやり板の間に座っているところに、はす向かいに住む龍吉《たつきち》が入ってきた。その後ろにはお久とお梅とお静が控えていた。とっさに膝をそろえた。

龍吉はいつも無精ひげを生やしていたが、今日に限ってきれいに剃《そ》っていた。

「飴さんを持ってきたで」

土間に立ったままで、龍吉が小さな紙袋を差し出した。手の方が先に出た。

「おおきに」

お春はこくんと頭を下げた。

「お母さんはまだ帰って来はらへんみたいやな」

優しい声で龍吉が言った。お春はうなずいた。

「帰ってきはるやろうと待ってた。けど、うちらも、かつかつの生活や。いつまでも面倒見るわけにはいかんのや」

横からお久が割り込んだ。

お春は困惑した。

「あんた、十一になったんかいなあ」

龍吉が訊ねた。

「へえ」

「人いうのは働かんと、まんまは食えへんにゃ。わかるやろ」

「へえ」

龍吉は後ろを向いた。

「実はなあ、このおばさんらもえろう心配してくれてたんやで」

お久が身を乗り出した。

「どうしたらええか、龍吉さんに相談したんや」

お春は一人一人、表情をうかがった。目が合うと、みんな目を伏せた。

「祇園の家子になったらどうや。おいしいもん食わせてもらえる。あんた可愛いし、いずれ舞子さんや芸子さんになれるんや」

龍吉がお春を見つめてきた。

お春はどう答えていいかわからなかった。

お久が顔を上げた。

「龍吉おじさんはな、祇園に懇意にしているお茶屋の女将さんがいはるねん。女将さんに頼み込んだら、面倒見てもらえるはずやし」

「花街でつらいこともあるやろうけど、自分のことは自分でせんとあかんのや」

お静が言い添えた。

「花街ってどんなとこどすか」

お春は龍吉に訊ねた。

お梅が答えた。

「お客さんがお酒を飲みに来やはるとこや」

「楽しいとこや。何も心配せんかてええ。毎日きれいなべべ着られるぞ」

龍吉が笑みを浮かべた。

「そらあ、お母さんが帰って来はったら、辞めて家に戻って一緒に暮らしたらええがな」

お静が言った。

「その時は家に帰らせてください」

お春は周りを見回した。

龍吉がお春の肩に手を当てた。

「当たり前や。すぐ走って知らせたる。また一緒に暮らしたらええやないか」

「そうや」

「そうや」

（……もうここにいてはあかんのやな）

お春はふとそう思った。

「すんまへん。言わはるようにさしてもらいます。よろしゅうお願いします」

うつろな気持ちで、板の間に手をついた。

「お母さんがいはらへんようになって、しっかりしやはったみたいやんか。いじらしいこと」

「必ず帰ってきはる。安心しよし」

どの声も遠く聞こえた。悪い夢の中にいるようだった。

三

「そのうち帰ってきはる。ちょっとの辛抱や」

龍吉が強くお春の手を引いた。

縄手通りを下がり、大和《やまと》橋を渡って左に曲がった。

「末吉町や」

龍吉が風呂敷包みを持ち上げて指さした。

通りの向こうに東山が浮かび上がった。一階はべんがら格子、二階は軒下に簾《すだれ》のかかった家々が並んでいた。それぞれの玄関先には提灯が灯っていたが、まだ辺りは明るく目立たなかった。

夕焼けを浴びて、きれいな着物を着た女たちが行きかっていた。薄汚れた長屋の住人に比べると、まるで別世界の人のようだった。

龍吉は「お茶屋ふく内」と書かれた入り口の前で止まった。向かいの茶屋は「よし屋」とある。

お春は龍吉の手を握り締めた。

暖簾をくぐり、龍吉ががらがらと引き戸を開けた。

薄暗い土間に龍吉と並んで立った。

「ごめんやす」

龍吉が訪いを入れると、太った女が現れた。

龍吉は急に人が変わったように媚《こ》びた声を出した。

「女将さん、この娘が先日お話ししました、お春でございます」

お春は女将の頬の大きなほくろに気を取られた。

「ほれ、ご挨拶しなさい」

龍吉が乱暴にお春の頭を押さえた。

「すいまへん、まだ、礼儀も何もわきまえとりまへんで」

「わては菊華《きくはな》や。顔をあげとおみ」

恐る恐る顔をあげると、女将の視線とぶつかった。

女将は龍吉へ顔を向けた。

「色が白いなあ、七難隠す言うてな、女子《おなご》にとってはこれが一番大事や。ここら辺では見たことない顔つきしてる。けど、別嬪になるえ」

「面倒見てもらえますか」

「続くかどうかわからへんのんちゃうか」

「大丈夫です。この子は、行くとこありまへん。気張ると思いまっせ」

「……よろしおす。引き受けまひょ」

女将が言うと、龍吉はまたへつらうようにお辞儀をした。

「まず、仕込みからや。あんただけやない。舞子さんになりたい人は、みんなそっから始めるんえ」

女将がお春を見て微笑んだ。

お春が黙っていると、

「よろしゅうおたの申します、と言うんや」

龍吉がきつい口調で言った。

「お母さんのこと、ちゃんと話してください」

お春は龍吉をにらみつけた。

龍吉があわてた様子で女将に目をやった。

「言うとおみ」

女将が言うと、龍吉は上目遣いで口を開いた。

「へえ。実を言いますと、この子の母親が突然いいひんようになってしもたんです。戻ってきたら、元の家に帰らしてほしいと言うてます。けど、まず難しいと思いまっせ」

「帰って来やはったときは、お母さんのとこに帰ったらよろしやないか」

女将は当たり前だという顔をした。

「ほな、約束してくれはりますか」

お春は思わず身を乗り出した。

「もちろんや」

女将が頷くのを見て、今度はお春が頭を下げた。

「女将さん、どうぞよろしゅうおたの申します」

「挨拶は悪うないやないか」

顔を上げると、女将が笑っていた。頬のほくろが一緒に動いた。

ふく内の置屋《おきや》は二階屋でお茶屋とは別棟になっていたが、渡り廊下でつながっていた。古びた廊下を女将が歩くとみしみし音がした。

「ここはな、芸子が八人、舞子が三人住んでる。あんたは新入りや。みんなおねえさんになるんえ。あんた、いもうとになんのやさかい、よう言うことききかんとあかんえ」

「へえ」

初めて見聞きすることばかりで、お春は胸がどきどきした。

女将は一階の突きあたりにある部屋の襖を開けた。白粉の匂いがした。

女将に続いて中に入ると、そこは四畳半の広さで、鏡台の手前に三人の娘が座っていた。みんな一斉にこちらを向いた。

「新入りのお春や。きょうからここに一緒に住むさかい仲ようせんとあかんえ」

女将がぐるりと部屋の中を見回した。

「こっちがふく花《はな》、ふく竹《たけ》、ふく小夜《さよ》、みんな舞子や」

「よろしゅうに」と、一人がお辞儀をしながら口を開いた。

お春はあわてて女将の後ろに座って手をついた。とっさに言葉が出なかった。

「誰ぞ二階に行って、ふく千穂を呼んできてんか」

女将が言うと、先ほど口を開いた舞子が立ち上がった。

やがて襖が開いて、三人より大人びたおねえさんが入ってきた。

女将の前に座ると、「ご用どすか」と首を傾けた。

「ふく千穂、今日からあんたのいもうとになる、お春や」

「へえ」

ふく千穂はお春の顔を見て微笑した。お春は今度もどぎまぎして声が出せなかった。

「まだ何も知らんさかいな。礼儀作法、言葉遣い、着物の着方に身繕いの仕方、何もかも一からよう教えてやってんか」


仕込みの仕事は目が回るほど忙しかった。

同室のねえさんたちの布団の上げ下げ、部屋や廊下の掃除など。さらに居続けの客がいると、その部屋の掃除もしなければならなかった。居続けとは、「朝の雪」とか「居流し」とも言い、客がお茶屋に泊まり込むことである。

全員が朝は芸事の稽古があり、どんなに夜が遅くても五つ半（午前九時頃）には起きることになっていた。だが、お春は家の周りの掃除もあって、六つ半（午前七時頃）には起きなければならなかった。

芸事は近所に住む師匠の家に通った。ふく千穂は舞ばかりではなく、三味線や鼓などのお囃子《はやし》、唄、そして習字や和歌まで習っていた。

最初はふく千穂のお付きで見学するだけだった。「見ながら覚えるのえ」と教えられた。時々師匠がお春にも手ほどきしてくれた。

稽古の後はねえさんたちの後について風呂屋に行った。だが湯槽《ゆぶね》に浸《つ》かるどころか、ぬか袋でねえさんたちの背中を流すのが仕事だった。かけ湯から湯を小桶に入れて運ぶのは大変で、三人も流せばくたくたになった。時には女将の太った背中を流すこともあったが、叱られないよう特に気を遣った。

風呂から帰ると、ねえさんたちの夜の支度を手伝った。最初はどの着物か帯かわからず叱られてばかりだった。

食事は仕事の合間を縫って食べなければならなかったが、長屋にいた頃に比べると、魚や炊き合わせなど贅沢なおかずがあって楽しみだった。たちまち太って顔がふっくらとなった。

お客が来ると玄関で履物をそろえたり、お茶やお酒を出す準備を手伝った。

お座敷が始まると、裏でお酒を運んだり、下げられたお膳を台所まで運ぶなど、てんてこ舞いだった。客のお使いで祇園町を走りまわることもあった。

お客が帰ると、ねえさんたちが脱ぎすてた着物を畳んだ。着物の様々な生地や模様を眺めながら片づけるのは楽しかった。

毎夜、床に就くのは八つ（午前二時頃）を過ぎた時刻だった。母のことを考える暇はなくなっていた。

あっという間に年が明け、三月に入った。

お春はいつものように縁側の雑巾がけに取り掛かった。女将が指先で隅っこの汚れを調べるところを垣間見《かいまみ》てから、廊下と座敷の境のあたりを念入りに拭くようにした。それでも女将は口やかましく注文を付けてきた。

ここ数日、恐ろしい夢ばかりを見てよく眠れなかった。今朝は目が覚めても頭がぼうっとしていた。

拭くのをやめてその場に座り込んだ。廊下から見える坪庭《つぼにわ》には葉の鋭い千両が植えてあり、その横に苔むした石灯籠が立っていた。お化けでも出て来そうな陰気な感じだった。

突然、吐き気がした。

お春は雑巾を投げ出して厠に駆け込んだ。しかし何も出てこなかった。

頭の中に霧がかかったようで、自分が自分でないような気がした。

部屋に戻って笛の袋と巾着を懐《ふところ》に押し入れた。そのまま黙って置屋を抜け出した。

足の赴くままに歩いた。

柳の枝が揺れる川沿いを進んで行くと、こんもりした林が見えた。樹木の下の小道が目についた。吸い込まれるようにその道を進んだ。

円い広場が現れた。真ん中に椿の木がそびえ、簪を挿したようにあちこちに花が咲いていた。

お春は落ちたばかりの花を拾い上げた。頰に寄せると花びらの柔らかさが母の肌のようだった。

(お母さんはもう戻って来やはらへんのやろか)

龍吉からは、あれから何の連絡もなかった。

「きれいやな」

驚いて声の方を振り向いた。

本を手にした女の子が立っていた。

「あんた、ふく内のお春さんどっしゃろ」

無数の星が中で輝いているような、生き生きした目をしていた。卵型の顔に富士額《ふじびたい》、切れ長の目元がいかにも利発そうだった。

「うちのお母さんが、あんたのことよう働くって言うてはってたえ」

「ああ、向かいのよし屋さんの家娘《うちむすめ》さん……」

お春は我に返った。

「月江どす。あんたはいつも忙しそうやし、声をかけそびれてたんや。よろしゅうに」

どちらからともなく、二人は並んで椿の下に腰を下ろした。

月江の手にしていた書物に目が向いた。

「難しい本、読んではるねんなあ」
「これ、義経記《ぎけいき》や。家はやかましさかい、ここに来て読むねん」
お春は手にした椿を落とすと、月江から本を受け取って中を開いた。
「牛若丸やなあ」
お春は挿絵に見とれた。笛を吹いている牛若丸の足元に大男の弁慶がひれ伏している。
月江が歌い出した。
「鬼とて恐れる武蔵坊《むさしぼう》
帯刀よこせと仁王立ち
大薙刀《おおなぎなた》をふりおろす
薄絹取れば牛若丸
ひらり、ひら、ひら
笛吹きながら宙に舞う」
お春も声を合わせて歌った。
「弁慶を負かせるような笛、吹きたいもんやなあ」
歌が終わったところで、お春はつぶやいた。
「あんた、笛が吹けるん」

月江が帯に差した笛の袋を指さした。

「うん。けど、忘れてしもてるかもしれへん。お仕事がたんとありすぎて」

「吹いとおみ」

お春は月江に本を返すと、袋から笛を取り出した。

「まあ、格好のええこと。こんなん見たことあらへんし」

月江がのぞき込んで、

「何やろ。模様が彫ってある」

笛の端についている小さな模様を指さした。

「知らん。お母さんは何も教えてくれはらへんかったし」

月江が目を近づけた。

「丸い団扇《うちわ》みたいな紋やな。一、二、三、四……十三枚羽がついてる。そや、絵本で見たことある。大天狗《おおてんぐ》の団扇に似てる。振れば空を飛べるし、火事を起こせるし、変身もできる。これ、大天狗の笛かもしれん。吹くと神通力が出るかも……」

お春は笛を唇に当てた。

最初は音にならなかったが、次第に調子が戻ってきた。閉じていた椿のつぼみが開いていくようだった。

「上手やなあ。はじめは悲しい青色のような音やったけど、だんだん透き通って明るうなっていった」

　笛が終わると月江が言った。

「しばらく吹いてへんかったんや。こんな下手くそな笛、お母さんに叱られる」

「そんなことないて。心が洗われるみたいやったし。あんたを拝みたいくらいやわ」

　月江の眼差しも声の調子もまっすぐだった。

「お母さんに届け、と思て吹いたんや」

「お母さんて」

「帰ってきはるのずっと待ってたけど、音沙汰なしや。うち、もう待ってられへん。ふく内から出るんや」

　つい口に出してしまった。

「ふーん」

　月江に驚いた様子はなかった。

「もう帰らへんのか」

「そうや」

「どこに行くつもりえ」

「そんなんわからへん。ただ、嫌になってしもた」

「それは危ないわ。人さらいかているし」

「うち、どうなってもええ」

月江が立ち上がり、お春が落とした椿を拾いあげた。

「けど、お母さんと連絡取れへんようになるえ。お母さんが帰って来はったら、ふく内さんに訪ねて来はるのちゃうか」

「……」

「明日かもしれんえ。さあ、一緒に帰ろ」

手にしていた椿を月江が差し出した。

「あんた大天狗の紋の笛をもってるやんか。きっと願いはかなうわ」

「そやろか……。ほなもう少し頑張ってみる」

お春は椿を受け取ると、月江と一緒に歩き出した。

ふく内の前で月江と別れ、玄関を入るとすぐに女将の部屋に呼ばれた。

その夜の夕食はなかった。

四

五山の送り火が済むと、雨が降って急に秋らしくなった。

ふく内に厄介になって、十月《とつき》が流れた。お春は腰の縫い上げをほどくほど背が高くなっていた。

「ちょっと、お春ちゃん」

廊下の雑巾がけをしている最中、通いの仲居が声をかけてきた。

「女将さんが部屋に来るように言うてはる」

四つん這《ば》いのままのんびり顔を上げると、

「後はうちがやっとくわ。えろう急いではるさかい」

と急《せ》かされた。

「へえ」

お春はすぐ井戸端で手を洗い、身支度を整えた。

女将の菊華は火のない箱火鉢の前に座って銀色の長煙管をくわえていた。

「いつもようお気張りやな。おかげさんでうっとこは見違えるほどきれいになったえ。おおきになあ」

煙管の灰を火鉢に落として微笑んだ。普段の突き放すような口調は消えていた。

「ところで、あんた、いくつになったんかいな」

「へえ、十二歳どす」

「そうか」

女将はうなずいた。

「実は夕べ、喜兵衛《きへえ》旦那さんにあんたの歳を聞かれてなあ」

喜兵衛という名前を聞いた途端、お春には与兵衛の顔が浮かんだ。酒臭い息、暑く薄暗い部屋、濡れた身体を擦《こす》るざらざらした手の感触、鳥肌が立った。

「喜兵衛さんとおっしゃいますと」

「ほれ、あの小柄で丸々太った目の鋭い人や。いっつも駕籠使わんと、陰気な顔して歩いてお出でになる。けど、ああ見えて室町の両替屋、大確《だいとみ》の旦那さんや」

顔が浮かび上がった。

「ああ、あのお方どすか」

昨晩のことだった。玄関でお客の草履をそろえていると、突っ立ったままお春を凝視している者がいた。何か言いたそうに唇が動きかけたが他の客が現れ、そのまま押されるようにして座敷の方へ上がっていった。

女将は小首をかしげながら続けた。

「その場で答えられへんかってな。ええ加減なことを嫌うお人やさかい。お使いで出てます。戻ってきたら訊《たん》ねときます。今度見えた時にお知らせしますて言うたんや。そしたら、わしは気が短い。明日にでも店まで知らせに来てんか言うて帰らはったもんやさかいに」

お春は首を捻った。

「……なんでうちの歳なんか」

「うちにもわからへん。これから、とりあえずお店《たな》までちょっとおうかがいしてくるわ」

「雨の中、すんまへん。わざわざうちのことで。よろしゅうおたの申します」


一刻ほど経った頃、再び女将の部屋に呼ばれた。

女将は饅頭を山高に盛った菓子鉢をお春に差し出した。

「あんたくらいの年頃はお腹すくやろ」

「おおきに」

一つ手にとって頰ばった。甘くとろけるようだった。いつだったか、与兵衛のくれた饅頭の味を思い出した。

「喜兵衛さんからお春に、言うていただいたんやさかい、遠慮せんと好きなだけ食べたらええにゃで」

「へえ」

返事はしたものの、ふと怪訝《けげん》に思って女将に訊ねた。

「せやけど、何でどす」

「まあ、お茶でも飲みよし」

返事の代わりに渡されたお茶を、お春は一口含んで饅頭を流し込んだ。

「あんたのこと、根ほり葉ほり訊ねはった。十二歳やて申し上げたら、にこっとしゃはったんえ。びっくりしたわ。なんやいつも哀《かな》しそうな顔をしてはるさかい」

お春は二口目を頬ばった。

「明日、うちに見えるそうや。あんたと二人だけで会いたいと言うてはる」

「えっ、二人だけでって、何でどすか」

女将は返事に困った様子だった。

「たまにあんたみたいに若い娘をひいきにしはるお客さんもいやはるんや……心配せんでもええ、取って食べられるわけやなし。見かけは怖いけど根は優しい人やで」

女将がぎごちなく笑った。

饅頭を持つお春の手が膝に落ちた。

不意に女将が身体を引いて、お春の顔に目を当てると膝先に視線を移した。

「お客さんをお迎えするのに、そんな座り方ではあかしまへんな。もっと背筋を伸ばさんときれいにみえへん」

いきなりお春ににじり寄ると背中に手を当てて、背筋を伸ばさせた。

「挨拶の仕方から覚えんとあかんけど、今から教えたげる」

女将は言うなり立ち上がった。

「別嬪になるには顔だけやない、まず姿勢。それから行儀どす」

その後、立ち居振る舞い、初対面の挨拶の所作、煙草盆の出し方、お酌の仕方など、自分でやりながらこと細かく教えてくれた。

「あんた、筋がええ」

一通り終えると、女将は汗を拭きながら口元を緩めた。

「怖いことあらしまへん」

女将は、お春の不安を見て取ったように付け加えた。

「せやけど、何のお話をしたらええのどすか」

お春は半泣きになった。

「無口な人やし、何を考えてはるのかさっぱりわからへん。けど、あんたは仕込みさんやし、向こうさんの言わはることを聞くだけでええ」

突然、女将はひとつ手をたたいた。

「そういうたら、あんた笛を吹くんやて」

「まね事どす」

「ちょっと吹いとおみ」

お春は仕方なく、部屋から笛を取ってきた。

「ほう、立派な笛やね」

吹いてみせると女将は、よしよし、という風に二度うなずいた。

「とても人様にお聴かせするようなもんやあらしまへん」

「あほらし。あんたの年で祇園一と評判の百合賀《ゆりか》ちゃんみたいに吹けへんことくらい、わかってるわいな。喜兵衛さんも、あんたが仕込みやいうことはようご承知や。下手な方が愛嬌《あいきょう》があってよろしおす」

女将はそう言って、満足そうに微笑んだ。

喜兵衛の来る日、朝から女将はお春に着せる小振袖の肩上げに余念がなかった。

髪結いにはわざわざお栄《えい》を呼んだ。

「ええ髪をしてるわ。やりがいがある」

気難しい顔でお栄はお春の髪を撫でた。

「そんなに緊張せんかてええて。山姥《やまうば》やあるまいし」

横で女将が針を休めて、機嫌よさそうに口をはさむ。

「お人形さんみたいに結うてあげよな」

お栄は念入りに櫛《くし》を入れて桃割れに結い上げた。

着物は女将が着せてくれた。

「愛らしいこと、おべべとよう合《お》うてる」

お栄が離れたところから目を細めて言う。

「ほんに色白やし、お雛さんみたいやな」

女将は誇らしげだった。

「ちょっと薄化粧しとこか」

女将が小指で下唇に紅を塗り、頬紅を刷《は》いてくれた。

「簪が難《むつか》しなあ。なるべく子どもらしいのがええにゃけど」

女将が簪の入った箱を持ってきて、お栄と一緒に選び始めた。

結局、赤い椿の簪に決まった。お春は与兵衛の買ってくれた簪を思い出した。

お春はかまってもらえばもらうほど気が滅入った。

女将と礼儀作法のおさらいをしていると、

「喜兵衛さまがお出でやした」

仲居が知らせに来た。

お春の胸は激しく波打った。

女将が小走りに玄関へ向かった。

女将の部屋で縮こまっていると、仲居が戻って来て座敷に導かれた。

「可愛《かい》らしおっせ」

襖の手前で控えていると、中から女将の声がした。

「ほなら、あんた下がっておいてくれ。お春と二人きりで会いたい」

喜兵衛の声が聞こえた。

お春は目を閉じた。

襖が開いて女将が出てきた。

「そんなにこちんこちんにならんかてええで」

女将はささやくとお春に寄り添うように座った。

「入ったら、こうやって手をつくんや。『こんばんは、お越しやす』を忘れたらあかん」

自分でお辞儀をしてみせた。

お春は真似をした。

「それでええ、それでええ。何か聞かれたら、『へえ、おおきに』と答えるんえ。無駄口はあかん」

「へえ、おおきに」

「さあ」

女将がお春の背中を押した。

お春はいざり寄って襖を開けた。

喜兵衛の姿が見え、挨拶しようとしたが、声がうまく出せなかった。

「おお」

喜兵衛は自分の横の畳を手でぽんぽんと叩いた。

「しゃちこばらんでええ。こっちお出で」

「へえ、おおきに」

お春は教えられた通り、喜兵衛と寄り添うように座った。

徳利を取って酒を注いだ。

手が震えて杯から酒がこぼれた。

「ああ……」

懐紙を出そうとしたが、喜兵衛が先に手拭いを出して拭いてしまった。

「初めてやろ。そのうちうまなる」

「すんまへん」

お春は頭を下げた。

喜兵衛は目の前のお椀の蓋を取った。

「甘酒が好きなんやろ。女将に頼んで用意してもろた」

「へえ、おおきに」

「乾杯しよか」

喜兵衛が杯をお椀にコツンと当てた。

甘酒を飲むうちに震えはおさまっていった。

お春はふとお椀の絵に目をやった。

「何の鳥やろな」

お春の視線を追ったのか、喜兵衛がつぶやいた。

お春は首を傾《かし》げた。

「夢見るような目してる。佐津《さつ》もそうやった」

目を上げると、喜兵衛もこちらを見ていた。

「佐津というのはな……」

喜兵衛が目を伏せた。

「わしの一人娘やった。一年前に疫病にかかって、極楽に行ってしもた。……生きていたら十二歳になっとる。お前と同じ歳や」

お春は喜兵衛の横顔をじっと見つめた。

「短い一生やった……小さな手を引いてあちこち行ったもんや。小さい頃、八坂《やさか》さんの西楼門の石段をひとつ、ひとつと上っとった。頑張り屋やったぞ。露店なんか見向きもせんと、わしの手をきつう握り締めてなあ。目の前に本殿の屋根が見えると、佐津は得意げにわしの顔を見上げたもんや。お父さん、いうてな。よう頑張った、とわしは頭を撫でてやった。手に汗をかいて、ほっぺたは真っ赤やった」

我に返ったように、喜兵衛がお春を向いた。

「玄関でお前の顔をみた途端、腰が抜けそうになったんや。佐津のほっぺたにそっくり。そこに佐津がいるのやないかと思たほどやった」

「……」

「わしともあろう者が、あんなに取り乱すとは……ふく内を出てからつらつら考えた。あれは大文字の送り火の次の日やった。きっと佐津があの世に戻らんで、わしに会いにきたんや……」

喜兵衛の瞳は遠くを見ているようだった。

不意に喜兵衛の手が伸びてきて、お春は抱き寄せられた。どうしてか、嫌な感じはしなかった。

「お前は物語が好きやからなあ」

喜兵衛はささやくように話し始めた。優しい声音だった。

「話を聞かんと寝付けへんさかい、よう物語をしてやったもんや。覚えてるか。牛若丸が弁慶を五条天神でやっつけた話」

「へえ、うちも大好きどす」

「そうや、何遍も何遍も牛若丸を聞かせてとせがまれたもんや。わざわざ満月の夜、五条天神まで出掛けたこともあったなあ。するとどこからか笛の音が響いてきたんや。お前と手をつないで聴き入った。

『お父さん、あれは牛若丸が吹いているんや』

『いや、違う、牛若丸はずっと昔の人や』

わしが答えると、お前はべそをかいた。あの時『そうや』と言うといてやったら、どんなに喜んだやろうに……可哀《かわい》そうなことをした」

喜兵衛の口元がゆがんだ。

「慰めに、『お前も笛の稽古してみるか。牛若丸みたいに上手になるで』と言うたら、『うちやってみる』ちゅうて、ようやく笑顔になった。そこで相談して、笛のお師匠さんを見つけてもろたんや……」

お春は話を聞いているうちに、つい、うとうとしてしまった。


気がつくと喜兵衛の膝の上に頭を置いていた。

お春は跳ね起きた。

目の前に女将が座っていた。

「お目覚めどすか、お春ちゃん」

優しい声だった。

あわててお春は背筋を伸ばして襟を整えた。

「すんまへん」

「ああ、甘酒がきいたんやろ。お茶でも飲むか」

喜兵衛が言うと、女将がお茶をお春の前に置いた。

「それに朝から気い張りっぱなしやったさかい、疲れたんどっしゃろ」

女将が言うと、

「いじらしいやないか」

と、喜兵衛が微笑した。

杯を片手に喜兵衛がお春に目をやった。

「お母さんと生き別れになったそうやな。消息はまだわからんのか」

「へえ、何の音沙汰もありまへん」

「そうか、一人ぼっちで、大変なことも多かろうて。うちの佐津も小さい頃にお母さんが亡くなったんや」

お春は言葉を失《な》くした。

「けどな、お春のお母さんは亡くなったわけやない。きっとどこかにいはる」

「……へえ」

喜兵衛が身を乗り出した。

「そや、わしが探してやろか。わしの店には京の町はもちろん、周りからもお客さんが大勢見える。みんな顔が広い。知ってる人がおるやもしれん、何か特徴はあるか」

お春は思いつくまま並べた。

「笛が上手どす。髪が長《なご》おます。色も白おました」

「名前は何という」

「ちどりと申します」

「よし、わかった」

喜兵衛が膝を叩いた。

「この子も笛が上手なんどっせ」

女将が言い添えると、喜兵衛は目を丸くした。

「こりゃあ、いよいよ佐津や。吹いてみい」

お春は部屋に戻って笛を取ってきた。

口に当て、母が迎えに来るところを思い浮かべて息を吹き込んだ。

吹き終えると真剣な顔つきで喜兵衛がこちらを見ていた。

「佐津と同じ師匠に弟子入りさせてもらおか」

五

女将の部屋の前にさしかかると中から呼ばれた。

お春は拭き掃除の手を止め、襖を開けた。

「夕べはありがとさんどした」

部屋の中へは入らず、戸口に座ってお礼を言った。

「早うから気張ってくれるなあ」

女将は起きたばかりの腫れぼったい目をしていた。

「あれから喜兵衛旦那さんに頼まれてなあ」

「何どすやろ」

「あんたを立派な芸子さんに育てたい、そない言わはるんや」

とっさに意味がわからず、黙って女将の顔をうかがった。

「旦那さんがいたら、着るもんからお稽古事からいろいろと面倒見てくれはる。あんたも旦那さんのいはる芸子さんをよう知ってるやろ」

お春は顔が熱くなってうつむいた。

「あんたがいややったら、断ってもかまへん。好きなようにしたらよろし」

女将の口調にはこだわりがなかった。お春は考え込んだ。

(女将さんにはお世話になってるし、いつお母さんが戻って来はるかもわからへん。できるうちにご恩返ししとかんと)

お春は心を決めた。

「おおきに。言わはるようにさせてもらいます」

「そうか」

女将が弾んだ声を出した。

「これからうちの仕事はせんでええ。笛を教わらんとなあ。けど、それだけでは足らへんな。旦那さんとお出かけしたとき恥をかかせたらあかんし、芸事は全部うまならんと」

白川沿いの古い京町家の前に立って、黒々と「峰幽雪《みねゆうせつ》」と書かれた表札を見上げた。空には、鰯雲《いわしぐも》が高く棚引いていた。

女将の丸い肩の後ろに隠れるようにして玄関をくぐった。

「そんな緊張せんかてええ」

女将が振り向いた。

若い男の弟子の案内で奥の稽古場に通された。足を踏み入れると、背後に東山を望む庭があり、金木犀の甘い香りがした。

足音もなく幽雪が入ってきた。

顔は角張っていたが、痩せて背が高く、なで肩で羽織は辛《かろ》うじて肩にひっかかっているという風だった。

二人を横目で見ながらなよなよと歩いてきて上座についた。

「この子の笛をみてもらえまへんか。大碓《だいとみ》の旦那はんが、ぜひともお師匠さんの弟子にと言うてはります」

「聴かせてもらわないとわかりませんわ。女将さん、外で待っててくださいね」

ろれつが回らず酒の匂いがした。

「思い切って吹いとおみ」

女将が耳元でささやいて退室した。

幽雪はそっぽを向いたまま、ふらふらと手を振った。吹けということらしい。

お春は笛を唇に当てて目を閉じた。

母と鴨川の畔《ほとり》にいるところを思い浮かべた。川霧が立ち込め、椿が紗《しゃ》がかかったように見えた。やがてお春は、緩やかな水の流れになりきった。

吹き終えて幽雪をうかがうと、顔が青ざめていた。

「誰に教わったのか」

幽雪が真顔になっていた。

「お母さんどす」

「魔王流《まおうりゅう》……どうしてお前が……」

そばに寄ってきて、お春の手から笛を取り上げた。

目を近づけ、天狗の紋に見入った。

(魔王流って何やろ。先生はお母さんのことをご存じなんやろか……)

百舌鳥《もず》の鋭い鳴き声が空気を裂くように響いた。

「毎日この時間に来なさいね」

いきなり幽雪は笛を放り出し、立ち上がると千鳥足で稽古場を出て行った。

幽雪が消えた先に一礼し、笛を拾い上げて袋に戻した。

女将が玄関先に腰をかけて待っていた。

「どうやった」

「へえ、明日から毎日来いということどした」

女将は束の間《つかのま》、安堵の顔つきをしたが、すぐに眉をつり上げた。

「なんやて、他の稽古はどうすんのやさ。笛ばかりやないえ」

「うちもそう思たんどす。けど、恐ろしゅうてよう聞けまへんどした」

「ほんまにお高《たこ》うとまって、こっちの都合も訊《たん》ねもせんとからに」

「すんまへん」

「まあ弟子にとってもろただけ有難いこっちゃ。うちも旦那はんに顔がたつわ」

言葉とは裏腹に、女将はうなだれて肩を落とした。


次の朝、お春は胸を躍らせて稽古場に行った。

なかなか幽雪は現れなかった。

いつの間にか居眠りしていた。人の気配を感じて目を開けると、徳利をわしづかみにして幽雪が座っていた。

「稽古に来たんでしょう」

「すんまへん。どないしたらええか、わからへんかったもんどっさかい」

「うちがいなくても吹くんですよ。狭い家のことです。ちゃんと聞こえてます」

「何を吹いたらよろしおすのやろ」

「好きなようにお吹きなさい」

不意に徳利を突き出した。

「飲みますか」

「おおきに、せやけど、遠慮させてもらいます」

「まだ子どもですからねえ。でも、飲むようにならないと本物にはなりませんわ。酒には鬼が住んでいるんです。鬼にならないと吹けませんよ」

幽雪が徳利をじかに口に当ててごくりと喉を鳴らした。

「笛を吹くからには、まず心得ておくべきことがあるんですよ。えーと、最初はどうしますか。わかっているでしょ」

片方の唇を上げて笑った。

「息どす。息を吹き込みます」

お春は苦し紛れに答えた。

「篠竹《しのだけ》に穴を開けて息を吹き込む。そうすると空洞が響き出しますわ。笛は身体と魂をつなぐ楽器なんです」

幽雪は唇の周りをなめた。

「吹き続けたら、どうなりますか」

「死んでしまいます」

幽雪は口に手を当ててうなずいた。

「息は生き、生命《いのち》の気なんです。気こそ笛に命を与えるんですよ。息継ぎをしないといけませんわ。どこでやるか、それが難しいんです」

女みたいな柔らかな言葉遣いなのに、まなざしは獣を思わせた。

「徒然草《つれづれぐさ》にもこう書いてあります。笛は、吹きながら息のうちにて、かつ調べもてゆく物なれば……とね。自分で吹きながら調子を整え、工夫して加減するんです。わかりますか」

お春は正直に首を横に振った。

「だんだんわかってくるでしょう。工夫するといっても、最初はお師匠さんにつかなければ始まりませんね。私は父に教わりました。父はまたその父……と順々につながっています。とどのつまり、大本《おおもと》の師匠とは誰でしょうか」

「神様やと思います」

咄嗟にお春は答えた。

幽雪の口元がほころんだ。

「神楽《かぐら》を知ってますねえ。笛を奏でると神が降りてくるんです」

幽雪は徳利を差し上げ、ふたたび喉を鳴らした。

「笛の神は心の気、意気を呼びます。わかりますか」

お春はまた首を横に振った。

「ねえさんたちを見ているとわかるでしょう。表《おもて》は優しいが、裏には意気地が隠れています。意気地とは何ですか」

「命をかけることどす」

「そうです。武士は武芸に命をかけますねえ。芸子は芸に命をかけてます。笛吹きも同じです。強い武芸者は笛をたしなみます。牛若丸だけじゃありませんよ」

幽雪はそこで言葉を切るとおもむろに立ち上がり、また千鳥足で出て行った。

次の稽古の日、お春は庭を向いて笛を吹きながら師匠の出てくるのを待った。

入り口に人の気配がして、お春は笛を下ろした。

振り向くと黒い稽古着を着た、抜けるように白い顔の芸子が入ってきた。

「すんまへん。お先《さき》いどす」

祇園でも人気の高い百合賀だった。お春が頭を下げると、百合賀はそっぽを向いた。

後ろから幽雪が入ってきて、お春に向かって徳利を少し持ち上げた。残れという意味のようだった。

百合賀が幽雪の前に正座した。

「御神酒です」

幽雪が徳利を差し出した。百合賀は両手で受け取り、唇に当てた。

戻すと改めて一礼し、笛をかまえて吹き始めた。

「駄目っ」

いきなり大声が響き渡った。お春は息が止まりそうになった。

「ここに入ってきた時、お前は不快になったな」

幽雪は顎でお春を指した。

「濁った心が出ておる。これじゃ客から銭はとれんぞ」

ならず者のような言葉遣いだった。

「最初が肝心だ。まずその場に気配をつくる」

百合賀がふたたび笛をかまえた。

「吹きながら調子を整える。何度言えばわかるんだ」

音が流れた途端、幽雪は怒鳴りつけ、膝立ちして百合賀の肩を突いた。そしていきなり百合賀の笛を取り上げた。

幽雪が百合賀の笛を吹き始めた。

「ああ……」

思わずお春は声を上げた。

(何と優雅で軽やかな……梅園を漂う香りみたいや)

身体が揺らめいた。

咄嗟にお春は母との違いも感じた。母のは素直でさりげなく、まっすぐに伸びる力があったが……。

(幽雪流とはこういうものか)

幽雪に笛を返され、百合賀が再び吹き始めた。

「駄目だ。そりゃ水だ、酒じゃない。誰も酔っぱらわんぞ」

幽雪が叫ぶ。

百合賀は青ざめて何度も吹き直した。しかし幽雪の眉間にはしわが寄ったままだった。

びしっ。

立ち上がった幽雪が扇子で百合賀の背中をたたいた。

「どうしても間がとれまへん」

百合賀が泣き声をあげた。


稽古の日は、百合賀が来るまでお春は自由に吹いた。

百合賀は前日いかに夜遅くても、一日も欠かさず稽古場に現れた。幽雪は百合賀の稽古に必ずお春を立ち会わせた。

稽古の度に幽雪は百合賀を怒鳴りつけ、拳で打ち、挙げ句の果ては蹴ることもあった。いったん怒り出すと止まらなかった。

最初は幽雪の剣幕に恐れをなしたが、すぐにお春は幽雪に縋りついて乱暴を止めるようになった。弱った百合賀を支えて家まで送り届けることもたびたびだった。そんな時でも百合賀は歯を食いしばり、お春とは口をきかなかった。

（芸に命をかけてはるのやな……）

百合賀は外ですれ違っても相変わらず素知らぬふりをした。

幽雪流は優雅《みやび》な音艶《ねづや》、誘惑するような色気、深みのある豊かな響き、その三つが基本だった。次第にそれがわかってきた。

「お前は色を知らん」

いつもこう言って、幽雪は百合賀を叱りつけた。越後から出てきた百合賀には、優雅な都言葉の呼吸が欠けているようだった。だが次第にお国訛《くになま》りが取れて、柔らかな音艶が出るようになった。すると幽雪は片手を口に当てて「おほほ」と笑った。

（百合賀ねえさんみたいに稽古をつけてもらえへんのは何でかしらん……）

お春は次第に寂しいような心持ちになっていた。

六

その日お春はいつものように、巳《み》の刻（午前十時頃）を告げる鐘の音とともに、内玄関の引き戸を開けた。目の前に女将が立っていた。

「お稽古に行かせてもらいます」

お春はお辞儀をした。

「早よ、お師匠さんに褒められるようにならんとあかんえ」

太った身体はその場から動こうともしなかった。

「うちはあんたが花のある女になるように任されてんのや。旦那さんに褒められるような女《おなご》はんにならんとなあ」

(今日は女将さん、お説教したい日なんやな……)

お春はすぐさま出かけるわけにはいかなくなった。

「顔立ちは生まれつきのもんやさかい、どんな別嬪でも年を取ったら、皺《しわ》くちゃになるもんや。そやけど、お稽古して身につけた芸は枯れへん花をくれるんや。きれいな花が咲かせられるかどうかは、あんた次第ということや。むかし松志摩ちゅう笛の名手がいやはってな。その笛に惑わされて、あちこちからお花がかかるもんやさかい、すぐに大金持ちの旦那さんに引かされて、おっきいお屋敷をもらわはった」

「噂は聞いてます」

「そこまでなるには、並大抵やなかったやろえ。お師匠さんの教えをよう聞いて、気に入られんと上達せんもんや」

「へえ」

女将はそこで、ようやく表情をやわらげた。

「昨日、お師匠さんに灘《なだ》のお酒を届けたんえ」

「おおきに、ありがとうございます」

「気まぐれなお人やさかいなあ。あの飲み助は……機嫌を損ねたらたいへんや。すぐ破門や言わはる」

「しっかり気張らせてもらいます」

お春が頭を下げると、やっと女将が道を空けてくれた。


白川の流れが軽やかな音を立てていた。ほとりの梅のつぼみが丸く膨らんでいた。春めいた日差《ひざ》しに、お春は足取りも軽く歩みを進めた。

向かいから、丸顔で眉の太い、ぎょろ目の男が歩いて来た。背中には青い風呂敷で包んだ小間物の箱を担いでいる。男が立ち止まってお春の顔を凝視した。

気味が悪く、顔をそむけて通り過ぎた。

五間ほど歩いて振り返ると、男は立ち止まったままお春から目を離さずにいた。

稽古が終わって帰る途中、月江に行き会った。

「うち、誰かに見張られてるみたいなんどす」

「どんな人や」

「これまで気がつかへんかったんどすけど、考えてみると、何遍も見た顔どした」

「ふーん、気のせいやなかったら気色悪いな」

月江は、思案顔で首を捻った。

「今度出会《でお》うたら、小間物買うようなふりをして話しかけてみたらどうえ」

「そんな、恐ろしゅうてできしまへん」

「人に恨まれるようなこと、何もしてへんのやろ」

「思い当たらしまへん」

「それやったら、心配いらへんのとちゃう。見張ってる理由がはっきりせえへんし。悪い人か、ええ人か、決めつけるのはまだ早いやろ。まさか、お母さんと何か関係あったりして……」

「そんなんやったら嬉しいんどすけど。ほな、話しかけるとか、手紙でも持ってくるとかするんやないやろか……」

「そうやなあ、うちがそばにいたら、何か用どすかて訊《たん》ねてあげるんやけどなあ」

月江の言葉を聞くうちに、気持ちが落ち着いた。

いつものようにふく内を出た。

何者かが後をつけてくる気配がした。

（あの小間物屋やろか）

急に足がすくんだ。

それとなく背後をうかがうと、派手な赤色が目の隅をよぎった。

幽雪の家の玄関戸を開けながら、さりげなく後ろに視線を向けた。柳の木陰に隠れる赤い人影が見えた。

稽古が終わって通りに出ると、赤い羽織をまとった男が横から近づいてきた。

「お春さん、やったたな」

子どもっぽい声だった。

見向きもしないで足を速めた。

男が踊るような足取りでお春を追い越し、通せんぼをするように両手を広げた。

娘のようになよなよした男だった。白練りの着物が羽織の赤と鮮やかな色目をなしていた。

お春はその男が他の置屋の芸子と一緒に、荷物持ちのような格好で祇園町を歩いているのを見たことがあった。

そのまま進んで、肩で男の手を払いのけた。

男は大げさに後ろに倒れそうな仕草をした。

「おお、こわ」

すぐに男はお春に追いすがり、また馴《な》れ馴《な》れしい声で話しかけてきた。

「あんた、なかなか、ええ笛を吹かはるなあ」

お春は無視した。

明くる日は雨が降っていた。

稽古が済んで幽雪の家の玄関を出るなり、柳の木陰をうかがった。春雨に柳がけぶっているだけで誰の姿もなかった。

ほっとして歩き出した。

新橋に差しかかったとき、向かい側から傘の男が歩いて来た。お春の前まで来ると、男はぱっと傘を閉じた。

昨日の男だった。

「お春さん」

男は馴れ馴れしく微笑んで、鼻にかかった声を出した。

知らん顔をして通り過ぎようとしたが、男は離れずについて来た。

「待ち伏せみたいなことしてかんにんやで。わいのお母さんはな、松志摩ちゅうて、むかし祇園でちょっとは名をはせた笛の名手やったんや」

お春は思わず歩みを緩めた。

「わいはお母さんのお腹にいた頃から笛を聴いて育ったんや。笛には気がいくねん。

せやし、あんたの笛の音色に引き寄せられてしもたんや」

男の顔を見ると、長いまつ毛に小さな雨粒が光っていた。透き通るようなきれいな瞳だった。その奥から笛の音が聞こえるように感じた。

男が身を寄せてきた。

「お母さんの笛にまさるものなんてあるはずがあらへん。けど、あんたの笛を聴いてびっくりしたなあ。お母さんのと全然違う」

「どない違うん」

「お母さんのは優雅なん。お月さんを見ながら聞いてると、ほんに月の都でうさぎが踊ってるみたいや。けど、お春さんのは厳しいなあ。何か、こう邪気をはねのけるみたいな強い芯がある。叱られてるみたいやったわ」

お春はつい歩みを止めた。

「あんたの笛をもっと聴きたいんや」

「幽雪師匠さんの家の前で聴かはったらええやありまへんか」

「奥の方やから、よう聴こえんのや」

「うち、早よ帰らなあかんのどす」

お春は男を振り切るように、再び歩き出した。

蛇の目傘を打つ雨音が大きくなった。

稽古を終えて、お春は幽雪の玄関を出た。

辺りを見回したが、松志摩の息子の気配はなかった。

お母さんのと全然違う、そう言われた言葉が気になって仕方がなかった。

昨日とはうって変わって、うららかな日和《ひより》だった。

新橋通りから巽《たつみ》橋の方に曲がると、イ《にんべん》団子の赤い旗が見えた。香ばしい匂いが漂ってきて、急に空腹を感じた。

そのとき、店先の床几《しょうぎ》に腰かけていた男が立ち上がった。

松志摩の息子だった。

「また、会《お》うたなあ」

微笑みながらお春に近寄ってきた。

「お団子でも食べへんか」

ついうなずいていた。

誘われるまま男の横に腰かけた。

男はみたらし団子の並んだ皿を差し出してきた。

「食べてええよ」

お春は言われるままに団子の串を取った。

「わいは久仁之助、あんた月江ちゃんと仲良しやろ。月江ちゃん、わいの幼友達やで」

お春は団子を手にしたまま「ふうん」と生返事をした。

「今度、ゆっくり笛、聴かせてな」

団子はもらったものの、厚かましい言い方が少し気にさわった。

「いやどす」

「そんな冷たい顔せんと」

お春は無視して団子をほおばった。おいしさに顔がほころんだ。

「お母さんの笛とどう違うか、よう聴き比べてみたいんや」

お春が団子を飲み込むと、すかさず久仁之助が勧めてきた。

「もう一つどうや」

お春はつい手を伸ばしてしまった。

「そしたらいつ、いつやったらええ」

もう断れなかった。

「明後日《あさって》やったら、昼から女将さんが外出しゃはるさかい……」

いつもの円庭《まるにわ》に、月江に連れられて久仁之助がやって来た。抱えてきた緋毛氈を大

椿の下に敷きながら、
「ここで吹いてや」
と言うと、久仁之助は向かいの切り株に腰を下ろした。
お春は笛を唇に当てて目を閉じた。
春を含んだ風が頬を撫でた。
笛の音が高く響いた。
鳥のさえずりが割り込んできた。
笛の音が低くなる、葉のそよぎが高くなる、鳥が合いの手をはさむ。
お春の笛と鳥と樹木が合奏していた。
久仁之助が立ち上がり、静かに舞い始めた。
月江もすぐに加わった。
二人の舞を見ながら、お春は無心に吹いた。
お春が笛から唇を離すと、急に静けさが立ち込めた。
そこへ終わりを告げる拍子木のように、鶯《うぐいす》がひと声鳴いた。
ほーほけきょ
三人は同時に笑い出した。
「こっち来ておくれやす」

お春は立ったままの久仁之助と月江を手招きした。

三人は狭い緋毛氈の上に、飯事《ままごと》のように膝を寄せた。

月江が飴を取り出した。

久仁之助はしかし、差し出された飴には手を伸ばさず、真顔のまま下を向いた。

「どないしたん」

月江が訊ねた。

「お春ちゃんの笛、聴いてたら、何やしっかりせいて諭《さと》されるみたいやった」

「あんたらしゅうあらへんなあ」

月江が笑っても、久仁之助は表情を変えなかった。

「吹き方にもいろいろあるんやなあ」

久仁之助が言うのを聞いて、お春はふと幽雪の言葉を思い出した。

「うちのは、魔王流やてお師匠さんが言うてはりました」

「なんや怖い名前やな」

「うちもようわからしまへんけど」

「きっと心の奥深いところで吹くんやろな。やっぱりお春ちゃん、すごいなあ」

久仁之助の表情が少し和らいだ。

「うちなんて、たいしたことあらしまへん。けど、もっとお母さんのは素敵え。うちなんて猿真似やし」

言葉に詰まった。

「……あんた、ええなあ、いつもお母さんの笛聴けて」

久仁之助が慌てた様子で言葉を添える。

「わいかて、お春ちゃんがうらやましい。女に生まれたかったわ。そしたら舞子さんになって、きれいなべべ着て一緒に仕事できたのに」

お春が口を開く前に、月江が噴き出した。

「考えてもしゃないのと違う。『三界唯心《さんがいゆいしん》』というやない」

月江が言った。

「どんな意味や」

「三界いうのは、人が生まれて、また死んで往来する世界のこと。欲界《よくかい》、色界《しきかい》、無色界《むしきかい》のことや。自分の心に川があると思うさかい川が現れ、山があると思うさかい山が現れるんや。すべては心が造り出したもの。そう悟ったら、物事にとらわれへんようになるんえ」

「なるほどなあ、心の持ち方ひとつということか」

久仁之助が立ち上がった。

「よーし。わいは祇園で男衆《おとこし》になる」

奇妙な声をあげると同時に久仁之助がでんぐり返しをした。

今度はお春も、月江と一緒になって笑い転げた。

七

「もう十三やろ」

久しぶりに暇ができて、部屋で笛を磨いているところへ女将がやって来た。

「旦那さん、舞子姿を早《はよ》う見たい言うてはるえ」

入り口に立ったまま微笑みながら言う。

「えっ」

「もう、見習いはせんでええ。あんた、特別や。見世《みせ》出ししましょか」

お春は笛を見つめたまま固まってしまった。

「まだお母さんのこと考えてんのか」

「舞子はんになったら、縁が切れてしまいそうで……」

「明日より今日が大事やで。何か起こったら、その時考えたらええんとちゃうか。ちょっとこっちに寄ってくれへんか」

部屋に入るとお春を正座させ、女将は神棚に手を合わせた。柏手《かしわで》を打って手を合わせると、うやうやしくそこからお札《ふだ》を取った。

「どれがええか」

お春の前に二枚のお札を置いた。一枚には「ふく春」、もう一枚には「ふく椿」とあった。

「ふく春はうちの考えや。普通やったら椿の字は法度《はっと》。けど、佐津さんは椿がお好きやったそうな。晴明《せいめい》さんにおうかがいを立てて、もろてきた名前やさかい。どっちがええかよう考えよし。あんたの名前や、あんたが決めたらよろしおす」

お春はかわるがわる札を見た。

「神主さんの言わはるには、ふく春は無難に幸せにやっていける。ふく椿の方は波瀾《はらん》万丈、自分次第で吉にも凶にもなるんやて。あんたはどう思わはる」

「すんまへん。考えさせとくれやす。おおきに」

お春は二枚の札を手にして立ち上がった。


大椿の下で月江が本を読んでいた。

お春が近寄ると、月江は顔を上げた。

「うち、見世出しすることになってん」

月江の顔が明るんだ。

「いやあ、おめっとうさんどす」

「おおきに……」

お春は次の言葉が出なかった。

「どうしたん。顔が青いなあ、何か心配事でもあるん」

月江が訊ねてきた。

「へえ」

「よかったら話しとおみ」

「見世出しって、どんなことをするんどすか。なんや知らん、怖《こお》うて女将さんによう聞けんかったんどす」

「ああ、そういうことな。たしかにようわからへんやろな」

月江は小さく笑った。

「世の中にはいろんなしきたりや約束事があるさかいなあ。お武家さんにはお武家さんの、商売する人には商売する人の……、身分やら住むとこで様々に違う。で、花街にも花街の習わしがあるんや」

「へえ」

「見世出しは、大切なしきたりの一つ。舞子さんになることや。けど、着物やら帯やらいろいろお金がかかる。旦那さんが面倒見てくれはることが多い。うちはお母さんが出してくれはった。けど、そのうち旦那さんを取らんと回らんようになる」

「そういうもんどすか」

「あんたは仕込みやけど、もう旦那さん、あるにゃろ」

「へえ。面倒みてもろてます。自分の娘みたいに思うて可愛がってくれはります」

「あんた、運がええ」

「有難いことどす」

「舞子さんになったら、あちこちのお座敷に呼ばれて、いろんなお客さんのお相手をするんや」

「へえ、わかってます。うちにできますやろか」

「そら、だんだん慣れてくるて」

お春は顔が熱くなった。与兵衛のふるまいがよぎった。

「見世出ししたら、旦那さんとお床を一緒にせんならんて、心配してるんちゃうか」

月江が言うと、お春は耳まで熱くなった。

「皆が皆そうとは限らへん。けどうちらは花街のしきたりに従うしかあらへんし。女将《おかあ》さんかて、どないしようもでけへんことなんや」

「そうどすか……」

お春は覚悟を決めた。

見上げると、青空を背景に椿の花々が葉影に浮かんでいた。

「ほんで……新しい名前を付けてもらうにゃけど……ふく春と、ふく椿とどっちがええやろうか……」

胸元から二枚のお札を出しながら、お春は晴明神社の神主の見立てを月江に伝えた。

月江はお札を手に取って、お春の顔と二枚のお札をかわるがわる見つめた。

不意に二人の前に椿の花が落ちた。

月江が花を拾った。

木漏れ日に深紅の花びらが浮かび上がった。

「ふく椿がええんやないやろか、あんたには何か起こりそうな気がする」

「おおきに、わかった。自分次第で吉……なら一所懸命、気張るし」

月江が差し出した椿を手にして、お春は唇を結んだ。

見世出しの日、お春は朝早く祇園社に向かった。

本殿に参拝してから、東側の小さな鳥居の前に立った。「美御前社《うつくしごぜんしゃ》」と金泥《きんでい》で書かれた扁額《へんがく》がかかっていた。市杵島比売《いちきしまひめ》、多岐理毘売《たぎりひめ》、多岐津比売《たぎつひめ》の三女神が祀《まつ》られ、古くから祇園の芸子や舞子が美しさを求めて願掛けに来るところだった。

「どうぞ別嬪さんにしておくれやす」

お春は祈った。

神社の一角に竹筒からご神水が流れ落ちているところがあった。この水で白粉を溶かすと、肌がいっそう白くなりきめ細かくなるという。お春はその水を手桶に汲んだ。

髪結いがお春の髪を割れしのぶに結いあげた。鼈甲《べっこう》の櫛を挿し、椿の簪を飾り、髷《まげ》の後ろには「見送り」という、対の尻尾《しっぽ》のような銀色の紙を飾った。

紅い襦袢《じゅばん》に宝づくしを刺繍《ししゅう》した赤い半襟。黒紋付の振袖は別誂《あつら》えされた手描き友禅だった。紅白の椿の裾模様が入り、ふく内の家紋「割り銀杏」が背に染め抜かれていた。だらりの帯は唐織の別誂えで、たれ先にもふく内の家紋が輝いていた。

女将が二本の扇子を帯の間と、背の帯の結び目のあたりに挿した。

置屋に住む者みんなが玄関に揃った。

ふく椿は赤い鼻緒のおこぼを履いた。

「切り火打ったら、利き足から出るんえ」

女将が言った。

かちっ、かちっ、かちっ
女将が火打ち石を打つと火花が散った。

「おおきに、行ってまいります」

男衆の細見屋《さいけんや》の先導で、ねえさんのふく千穂に付き添われて通りに出た。祇園新地のお茶屋の挨拶回りである。一軒一軒、「見世出し　ふく内　姉ふく千穂、舞子　ふく椿」と書いたさし紙を配る。

すれ違う人たちが足を止めては微笑んだ。

末吉町から富永町を回って元吉町に入ったところだった。

正面から男が歩いてきた。間近まで来ると足を止め、大きな眼でにらんできた。

（あっ、小間物売り）

ふく椿は足がすくんだ。

転びそうになって腰をかがめた。

「どないしたんや、しんどなったんちゃうか」

細見屋がかがんで声をかけてきた。

「すんまへん、だいじおへん」

細見屋に支えられて立ち上がった。

見回したが、すでに男の姿はなかった。

挨拶が終わって末吉町に戻ると、軒を並べたお茶屋の提灯に一斉に灯がともっていた。

ふく内に着くと、玄関先で女将が待っていた。

「喜兵衛旦那さんがお待ちかねや。あんたの着るもんから見世出しのなんもかも、たんとにお世話してもろたんやさかいな。お礼をちゃんと申し上げんのんえ」

早口で告げられた。

薄暗い階段を女将に手を引かれて上った。上りなれた階段が果てしなく続くように思えた。

女将に続いて座敷に入った。

床の間いっぱいに溢れんばかりに色とりどりの椿が飾ってあった。喜兵衛が脇息《きょうそく》に寄りかかっている。

ふく椿を見るなり、

「ほう、何となあ……」

と、目尻が下がった。

「そうどっしゃろ、うちもこんな別嬪になるとは、思てもおりまへんどした」

女将が胸を張った。ふく椿は喜兵衛の前に座った。

「おみやげを持って来た」

喜兵衛はそう言うと、自ら風呂敷包みを解き始めた。

中からお河童《かっぱ》頭の赤い市松人形が現れた。

「いやあ、いちまさんや、可愛《かい》らしなあ」

嬉しくて思わず手に取った。

「これ何え、あかんやろ。お礼も言わんとからに……」

女将の言葉でふく椿は我に返った。

「すんまへんどした。おおきに、仲ようさせてもらいます」

ふく椿は人形を抱いたまま頭を下げた。

「気に入ったか」

「へえ、ずっと前から欲しゅうてならんかったんどす」

ふく椿は人形の頭をなでた。

「佐津も大好きやった」

喜兵衛が溜息まじりにつぶやいた。

「わしが先に逝ったらよかったのに……、神も仏もあらへんと思たもんや」

「そんなこと言わはったらあきまへん。神さんはちゃんと見てくれてはったんどす。せやし、こないしてふく椿を旦さんに会わせてくれはったんどす」

女将の言葉に、喜兵衛の口元がほころんだ。

女将が指で畳を軽くたたいた。

それを合図にふく椿は人形を傍らに置いた。そして、

「この度は、お見世出しさせてもうておおきに」

あらためて深々とお辞儀をした。

「よし、よし、そんなにかしこまらんでええ」

喜兵衛はふく椿を横に手招きした。

細見屋が三々九度の杯を載せた朱塗りの盆を、うやうやしく持って入ってきた。

「ほな、これから内輪どすけど、固めの杯といたしまひょか」

女将とふく千穂が二人の前に並んで座った。

「今日から、喜兵衛様が正式に旦那様になってくれはります。ふく椿さん、おめでとうさんどす」

女将が言うと、ふく千穂も続いて、

「おめでとうさんどす」

と祝福した。

女将が赤い三々九度のお盆を捧《ささ》げた。

そこから杯を取り、二人で飲み交わした。

「末長《すえなご》うおたの申します」

ふく椿は教わった通りに言った。

「うれしいことを言うてくれる。これから、わしがお父ちゃんや。もう一人ぼっちゃないぞ。何も心配せんでええ」

喜兵衛はふく椿の手を両方の掌《てのひら》で挟んだ。

それから女将の方に向き直った。

「舞子やから言うて、前にも話した通りやが、他の客の座敷に出すことは相ならん。それ相応の事はしてやる」

「ふく椿ちゃん、有難う思わんとあかんえ」

女将の口調は優しかった。

ふく椿は思わず涙ぐんだ。

「まあ、せっかくのお化粧が台無しや。直さんと……」

女将がふく椿の手を取って立たせた。

その夜、ふく椿は喜兵衛と一つの布団で手をつないで寝た。夢うつつに「佐津」という声を聞いた。

ふく椿は父の夢を見た。「お父さん」と呼びかけると振り返った。その顔は喜兵衛そっくりだった。

明くる朝早く、喜兵衛はふく椿とお粥をともに食べ、上機嫌で帰っていった。朝もやの中に喜兵衛の姿が消えるまで、ふく椿は手を振って見送った。

その朝、母と暮らした長屋に足を向けた。

二人が住んだ家には、すでに新しい住人が住んでいた。だが蓆の戸口から母がひょっこり顔を出すような気がした。

「おや、おや、見違えたがなあ」

不意に龍吉の声がした。

ふく椿は振り返り、背筋を伸ばした。

「その節は、いろいろお世話になりました。おかげさんで、見世出しさせてもらいました」

「そらよかった。お母さんから何ぞ知らせでもあったか」

ふく椿は首を横に振った。

「けど、気長に待ちます」

「そや、そや、わしもいつも気いつけとく……必ず戻って来はるはずや。その時はすぐに知らせるさかい」

龍吉は明るい調子で続けた。

「ええ知らせちゅうのは、忘れた頃に来るもんや」

「おおきにおたの申します」

龍吉に頭を下げ、長屋を後にした。

椿の下に立つと、鴨川のせせらぎに包まれた。

ひばりの声がして、ふく椿は空を見上げた。

(晴れた日って、なんやまぶしすぎて悲しゅうなるなあ)

笛を取り出して母に呼びかけた。

「お母さん、うち、舞子さんになったんえ。旦那さんもできました。お父さんみたいなお方です。きれいなおべべも買《こ》うてくれはって、いちまさん、もらいましたえ」

空の彼方《かなた》で、

「よかったなあ」

と、母の声がこだまするようだった。

風が吹いて椿の花がひとつ、ふたつと川面《かわも》に落ちた。

第四章　身勝手

一

祇園社にお参りした後、月江は喜久江と連れ立って南楼門を出た。二軒茶屋の前を通り、下河原通りに入った。道の傍らには、小さな白い釣鐘形の花を連ねた馬酔木《あせび》が咲き乱れていた。

「突然お母さんが行ったら、びっくりしはるんやないやろか」

月江が言った。

「あんたと一緒やったら、ぴんときはるやろ」

「何でどす」

「狭い祇園のことや。あんたが国富屋さんに出入りしてることくらい聞こえてるやろ」

「……」

「それに久仁之助さんとは、ちっちゃい時からお友達やし」

晴れた空の向こうに八坂の五重塔が近づいてきた。

東山の方へ小道を入った。高台寺の塔頭《たっちゅう》、圓徳院《えんとくいん》に近い辺りだった。圓徳院はかつて秀吉の正室、北政所《きたのまんどころ》の屋敷だった。北政所は秀吉の没後、朝廷から高台院の院号を賜《たまわ》り、菩提を弔うために高台寺を建立した。その西側に自分の屋敷を造営した。高台院が亡くなると屋敷は圓徳院と名を改められた。

高台院は生前芸事が好きで、侍女に遊芸を学ばせ、芸達者な女を招いて無聊《ぶりょう》を慰めた。いつの間にか、周りに芸のある女たちが住み着くことになった。

高台院亡き後、後ろ盾を失った女たちは招きに応じて芸を披露するようになった。自前の芸子となり、東山の酒楼《しゅろう》に呼ばれ、花見や月見、野辺の遊びに従った。

みな美人で技芸に優れ、三味線などの楽器も高級なものを持ち、誇りも高かった。同じ芸子でも品格が高く、六町《ろくちょう》とは一線を画していた。東山の客は筋もよかった。

軒を並べる町屋の玄関には、それぞれに花や壺《つぼ》などが飾ってあった。時々、稽古三味線の音が静けさを破った。

「おしゃれなところどすなあ」

松志摩の家へ向かいながら月江がつぶやいた。

「ねえさんにはぴったりのところや」

家の前に立つと、喜久江が玄関の引き戸を開けた。

「ごめんやす」

「はあい」

奥から声がして、沈丁花《じんちょうげ》の香りとともに松志摩が現れた。

「いやあ、お久しぶりどす。お元気そうで。さあ、どうぞ、どうぞ」

土間を通って庭に案内された。手入れされたつつじの間を飛び石伝いに進むと、鄙《ひな》びた茶室があった。

喜久江と月江は円相を描いた茶掛けの前に座った。備前の花入れには一輪の白侘助《しろわびすけ》が挿されていた。どこからか四十雀《しじゅうから》のさえずりが聞こえた。

「月江ちゃん、きれいにならはって」

松志摩の言葉に月江の頬は赤らんだ。

「ほんにわがままで困ってますけど」

喜久江が真顔で応じると、

「子どもは、縁あってこの世にやって来たんや。わがままにさせんとあきまへん。久仁ちゃんも毎日、祇園に遊びに行ってもろて、皆さんに可愛がってもろて、有難いことどす」

松志摩はそう言って、頭を下げた。

松志摩のお点前《てまえ》は鮮やかだった。

喜久江の前に茶碗を置いて一礼すると、松志摩が口を開いた。

「ねえさんとはようご一緒させてもらいましたなあ。『蘆刈《あしかり》』を舞《も》うたはる姿がすぐ目の前に浮かんできますわ。見事なもんどした。うちの笛まで引っ張られて優しゅう鳴ったもんどす」

「今でもあの笛が聞こえます。もういっぺん、聴かせてほしいもんどす。うちだけ違《ちご》て、皆さんそう言うてはりますえ」

「おおきに。忘れられたと思うてました。けど、笛いうのは、その時の出来事とか、心もようで変わるもんどす。あの頃はうちも若《わこ》うて、毎日がお祭りみたいやったさかい。今はとても、あんな風には吹けしまへん」

松志摩と喜久江のよもやま話は続いたが、月江は『蘆刈』のことが気になった。

『蘆刈』は別れた夫婦の再会を描いた能、『蘆刈』に由来する音曲《おんぎょく》だった。

貧しさゆえにやむなく別れた夫婦があった。妻は都で、ある貴人の乳母となり豊かな暮らしをした。里帰りをしたところ、夫は零落して蘆売りになっていた。妻はその身を恥じている夫に近づき、歌を交わし、お互いに切なさを訴えた。こうして二人は昔の情愛を取り戻した。

「それはそうと、今日は何か用があったんとちゃいますか」

松志摩の言葉に月江は我に返った。

「へえ、すんまへん」

喜久江が口ごもった。

「言いにくいことどすけど、実は久仁之助さんのことでお願いに上がったんどす」

これまでの事情を喜久江は打ち明けた。

「運がお悪かったんどすなあ。お内儀様に子どもさんができはらへんかったとは」

黙って聞き入っていた松志摩が、緩やかに口を開いた。

「思えばあれから、長い月日が経ってしもて……」

松志摩は遠い思い出をたどるように続けた。

「旦那様のお言葉を信じて祇園を引かせていただきました。この家を買《こ》うていただき、お手当もぎょうさんいただきました。

毎晩のように笛を聴きにお出でどした。お茶を点《た》てたり、庭からお月見をしたり。

久仁ちゃんはいつも、座敷ですやすや眠ってました。周りには、旦那様の持ってきてくれはったおもちゃが山のように積んでありました」

松志摩はふと手を上げ、目の前の茶菓子を勧めた。

「……ある日国富屋の番頭さんが訪ねてきはって、『若旦那様の都合が悪うて来られへんようにならはりました。これを渡すように言付《ことづ》かって参りました』と、玄関先に包みを置かれました。うちは何やわからず、『いつ見えるんどすか』と訊ねました。けど、番頭さんはそのまま何も言わんと逃げるように帰って行かはりました」

淡々とした口調だった。

「開けてみると大金が入ってました。理由もわからんと受け取るわけにはまいりません。お金持ちの人って、お金さえやったら何でも片付くくらいに考えたはるんどすなあ。直接、国富屋さんにお返しにあがりました。お店の中に入るのは、はばかられたさかいに、こぼんさんに言うて番頭さんを呼んでもうたんどす。長いこと待ちましたけど、出てみえませんどした。帰りに夕立に遭《お》うたんどすけど、傘をさすのも忘れて帰りました」

急に松志摩は黙り込んだ。口元がこわばっていた。

「やがて旦那さんが祝言を挙げはったという噂を聞きました。泣けて泣けて、何度も死んでしまおうかと思いました。よう考えてみますと、うちは日陰の身、ようあることどす。わかってはいても、幸せなことてなかなか忘れられへんもんどすな。いくら夫婦《めおと》になったかて、仲睦まじい日が続くとは限りまへん。久仁ちゃんの顔を見とうなったりして、ひょっこりお見えになるかもしれへん、そう思うて待ちました。阿呆どっしゃろ……。

やっぱり、なしのつぶてどした。どうしようもなくなって、鞍馬寺に行って山の中で笛を吹きました。天狗さんに助けてもらおうと思たんどす。すると、天狗さんの声がしました。『お日《ひ》いさんが消えてしもても、お月さんが照らしてくれる』。ふうっと、久仁ちゃんをちゃんとええ子に育てんとあかんて思いましたんや。悲しい笛を吹いたら陰気な子になってしまいます。それからお月さん見ながら、うさぎさんが餅つきをしてるみたいに吹いてやりました。おかげさんで、ええ子に育ちましたんや」

松志摩は二人を交互に見ると、細い指先で干菓子をつまんで口に入れた。

「全部済んだことどす。久仁之助にはお父さんはおりまへん。お月さんからの授かりもんどす。……そう、お伝えしておくれやす」

突然、月江は息苦しくなり、激しい動悸《どうき》を感じた。目の前に紀市の姿が現れた。満開の梅の木の下で、両手に縄を持って枝を見上げている。満月を映した目は底知れぬ闇をたたえていた。その奥に吸い込まれそうになった。

「しっかりしよし」

遠くの方から声がした。喜久江だった。

「大丈夫か」

松志摩が温かい手で背中をさすってくれている。

「大丈夫どす。すんまへん。ちょっとめまいがして……」

月江は吐き気を抑えながら、無理に笑みを作った。

帰る時、松志摩はわざわざ玄関の外まで出て見送ってくれた。

日が傾き、道には長い影が差していた。しばらくの間、二人とも言葉なく歩いた。

「自業自得や」

喜久江がつぶやいた。そして、

「鴨の流れは手ではせき止められんえ」

と、月江の手を握った。

二

療治所は診療が終わって静かだった。診察室で源斎は備忘録を開いていた。

「大変だったなあ」

そう言って顔を上げると、二人に座るよう手で促した。

二人は文机の前に並んで座った。喜久江が松志摩とのことを事細かに話し出した。

「やっぱり予想通りだったか」

「松志摩さんにあんな話をしてしもて、恥ずかしおす」

「うーむ」

「あまりにも身勝手どす。花街の女としか、思てへんかったんどっしゃろ。誰でも腹にすえかねますやろ」

「確かに、我がことしか考えていなかったのだろう。そうであるからこそ、このような無分別なことをやったのだ。迷惑をかけた」

源斎が頭を下げた。

顔を上げると月江を向いた。

「よう頑張ってくれた。しかし、こうなると医術ではいかんともし難い。これはあの人の質《たち》、生き方の問題だ」

月江はうなだれた。

「紀市旦那様はどうならはるんどすか」

喜久江の頬がこわばった。

「人は追いつめられると、蜘蛛《くも》の糸のような希望でも縋りつくものだ。だが久仁之助という糸が切れてしもうた。いつかまたやるかもしれんな」

源斎が手を首に当ててみせた。

「ああ」

喜久江が小さな声を発した。

月江は目を閉じた。台所から夕餉《ゆうげ》を用意する音が聞こえた。

「先生」

月江が目を開いた。

「何だ」

「うち、考えてたんどすけど……」

「言ってごらん」

「へえ、あのとき、松志摩ねえさんがたまたま、『蘆刈』の話をされたんどす」

「ほう、それが？」

「松志摩ねえさんは久仁之助さんいう宝を持ってはります。紀市旦那様はお金はあっても、心は零落してはる。ねえさんのお心の底には、『蘆刈』みたいな憐憫《れんびん》の情があるんやないか、て考えますねん」

「なるほど」

「直接顔を合わさはったら、気が変わるきっかけになるかもしれしまへんなあ」

喜久江がつぶやいた。

「月江の気分が悪うなった時も、心配そうにしてくれてはりましたえ」

「うむ、月江の気持ちを察したのかもしれぬ。情のあるという証《あかし》か」

源斎は腕を組んだ。

「だが、どうやって二人を会わせるかだ。松志摩にも意地がある。まともに頼んだところで、首は縦に振らぬだろう」

「お座敷に出はることもないし、今さら紀市旦那さんと顔を合わせるやなんて難しおすなあ……」

喜久江の眉が曇った。

「どんな形にせよ、じかに会う機会さえあったら、『蘆刈』ではないが、道が開けるかもしれん」

月江が口を開いた。

「何とか、お二人がお顔を合わせる場を作ったらどうどすか。たまたま出会《でお》たみたいにしはったら」

「それはそうだが、なにか策がありそうだな」

月江がうなずいた。

「ほんなら、笛の催しでもこさえて、出てもらうようにお願いしたら、よろしおすやん。そこに紀市旦那さんも出席されるみたいなんは、どないどす」

「けどなあ、祇園のうちうちで催しごとを開いても、松志摩さんは出て来はったことあらへんし」

喜久江が言うと、うむ、とうなって源斎が煙管を手に取った。

天井に煙草の煙を吹き上げる。

台所の方から八重と賄いのお清の笑い声がした。

月江はひらめいた。

「そう言えば、松志摩ねえさん、鞍馬寺で笛の修業をなさってたいう話どしたなあ。鞍馬寺で笛の奉納お願いしたら、お出になるんちゃいますか」

「なるほど」

「けど、紀市旦那さんがそこに居合わすにはどうすんのえ」

喜久江が首を捻った。

「祇園が鞍馬寺に笛を奉納するというのはどうどっしゃろ。そこに他の旦那衆も、賛同やら、肩入れしてもろて、大勢名を連ねはったら何とか格好がつくのと違いますやろか」

月江は言ったが、喜久江の顔つきはいまひとつ乗り気でなかった。

「そやけど、松志摩さんはとうに祇園から引いてはるし」

「いや、いや、祇園を挙げての笛奉納とあれば、松志摩が出演してもおかしくないじゃないか。それに鞍馬寺だったら、室町あたりの旦那衆とも縁が深い。そこに紀市さんが居合わせても不思議ではない」

「なるほど、そうどすな」

源斎にうなずきかけると、ようやく喜久江の表情が緩んだ。

「けど、松志摩さんだけやと、収まりがつきまへんえ。他に何人か笛の吹き手の目星をつけんと」

「誰かいるか」

「まず、百合賀さんどすなあ」

「確かに。わしでも名前を知っておる」

二人のやり取りを聞いて、月江は身を乗り出した。

「ふく椿さんはどうどすやろ。舞子さんやけど、なかなかのもんどす。流派は祇園とは違うみたいどすけど」

「そんなに上手か」

「うち、ふく椿さんの旦那さんからお花がかかって、ふく椿さんの笛で舞うことがあるんどす。まあ、神がかってるいうか。雲の彼方に飛んで行くみたいで、なんや、ちょっと、違いますねん」

「松志摩も久仁之助からふく椿の噂は聞いているはずだ」

源斎の声に勢いがついた。

「松志摩、百合賀、ふく椿。うん、妙案だ」

「鞍馬寺奉納笛合戦……」

月江のつぶやきが終わらないうちに、

「よし、それで行こう」

源斎が両手で膝を打った。

「よろしおすな」

喜久江が笑顔になった。

「それにしても、目の玉の飛び出るような奉納金がかかりまっせ」

「国富屋のことだ。金の心配は無用だろう」

「うまいこといったら、よろしおすにゃけど」

喜久江がまた不安そうな顔をする。

「心配し出したらきりがなかろう。紀市さんも一国一城の主。あきらめるだろう。どんなことでも、はっきりすればそれでいいのだ。もやもやしてると、病がすすむ」

「けど、また松志摩さんとよりが戻ったりして……」

喜久江が口にすると、

「その時は、その時のことだ」

源斎が苦笑した。

「さあて、では、焼酎を持って来てくれ」

「はい、はい、ご相伴させてもらいまひょ」

喜久江に言われるより早く、月江は立ち上がった。

三

国富屋の暖簾をくぐると、店土間はごった返していて人いきれに包まれていた。訪いを入れると、客の間をぬうようにして、大番頭の篤次が現れた。

「先生、旦那様がお店に立たれました。ありがとうございました」

弾んだ声で揉み手《もて》しながら頭を下げ、先に立って奥の内玄関へと二人を案内した。妙香が待ち受けていた。

源斎と月江は妙香に先導されて暗くて長い廊下を進んだ。かび臭い匂いをかぐと、月江はつらかった日々を思い出した。

座敷の上座には、すでに座布団が敷いてあった。

源斎が座すと、月江は以前のように入り口の脇に座った。庭から梅の残り香を含んだ春の風が漂ってきた。紀市が首をくろうとした梅の古木は若葉が出始めていた。

源斎の前に、紀市と妙香が並んで座った。挨拶するなり、

「首尾はいかがでございましたか」

と紀市が訊ねた。表情がこわばっている。

源斎が喜久江と月江の松志摩訪問の顛末を話した。

「かくなる上は、紀市さん、あなたが松志摩さんと直に会って、お願いされるしかありませんな」

紀市は落ち着かない様子で妙香と視線を交わした。

「私も色々考えたのですが……」

源斎は鞍馬寺に祇園の笛合戦を奉納する計画を話し始めた。

聞いている途中から紀市の顔が明るくなっていった。

「さすがでございます」

紀市が感心したような声を発した。

「松志摩はあれでなかなか芯の強い女でして、尋常なことでは顔を出さへんでしょうけど、鞍馬寺奉納となればまず断ることはないでしょう……」

そこまで言って、紀市は目を閉じた。

「さて、それから先、どうしたもんか」

「松志摩さんが吹き終わったところをつかまえたら、よろしいと存じます」

源斎が言った。

「えっ」

「舞台が終わるとほっとして、心に隙ができるものです。無下《むげ》にあなたを突き放すことはないでしょう。そこで事情を打ち明けて、直にお願いされたらいかがでしょうか」

「そうですなあ。けど、いや、と言われたらどないしましょう」

紀市は妙香の顔をうかがった。

「その時はお覚悟をお決めください」

低いが毅然《きぜん》とした声で妙香が応じた。

紀市は膝の上でこぶしを握ると、

「先生、そうさせていただきます」

深く頭を下げた。妙香も続いた。

「わかりました。ひとつ、気がかりが……それなりの費用がかかります」

源斎が二人を交互に見やった。

「この国富屋、ちっとやそっとで屋台骨が揺らぐもんやあらしまへん。先生、鞍馬寺にご寄進して、久仁之助を授けてもうたと思うたら安いもんですわ」

妙香が言うなり、

「先生、早速、笛合戦の段取りに進みましょう」

紀市が力強く続けた。

四人は笛奉納の計画を話し始めた。

「大確屋《だいとみや》の喜兵衛とは長い付き合いですわ。京一番の両替屋も私が頼んだら嫌とは言わんでしょう。ふく椿可愛さに糸目はつけまへんやろ……」

紀市が言い終わらないうちに、

「百合賀さんの方も芸子さんやし、旦那さんがついてはんのに決まってますやろ。体裁もあるやろし、ぎょうさん寄進してくれはんのとちがいますやろか」

妙香が付け加えた。

「そやな、こっちも当たってみよか」

紀市の声にさらに勢いがついた。

「先生、祇園挙げての催しに持って行きましょう」

やり取りを帳面に書き留めながら、月江は大店の主夫婦に感心せずにはいられなかった。舞台のしつらえや、人集めの方法、宴会の計画が、次から次へと描かれていった。二人が落ち込んでいた頃を思い浮かべて、その変わりように目を瞠《みは》った。

計画があらまし決まると、

「これでよろしゅうございますか」

紀市が源斎に訊ねた。

「結構です」

源斎が了承した。

妙香は月江の方を向いた。

「すまんけど、店に行って篤次を呼んで来てくれへんか」

篤次は月江に続いて廊下に正座すると、お辞儀をして訊ねた。

「御用でございますか」

「お入り」

言われて座敷の端に腰を下ろした篤次に向かって、妙香がおもむろに口を開いた。

「鞍馬寺に参上して、奉納の笛合戦を催したい旨、お伝えしておくれ。詳しくは旦那様が寄進のご相談もあることですので、直接住職様に正式にお願いに上がらせていただきますと。それでよろしゅうございますやろ、旦那様」

紀市がうなずいた。

「わかりました。早速参上いたします」

篤次はそそくさと席を立った。

後日、日取りは鞍馬寺側の指定で神無月（十月）の一日と決まった。正式の名称は住職自らが、「鞍馬寺牛若丸奉納笛合戦」と命名した。

笛合戦の噂は、たちまちのうちに祇園ばかりか京中に広がり、寄進の申し出があちこちから集まった。

四

笛奉納の話し合いが終わり、源斎と月江は国富屋を出た。夕闇の中を歩きながら源斎が言った。

「これで、首をくくる心配はなくなった。張り合いがあれば、人は自死することはない。もうよかろう。国富屋に行くのはしまいにしようか。よくここまで持ってきてくれたな」

「へえ、おおきに」

源斎と視線が合い、月江は頭を下げた。

以前のように月江は一日を源斎の手伝いに、また一日を舞子として過ごすことになった。忙しさに紛れているうちに桜が満開になった。

花びらが雪のように舞う宵のことだった。

月江にお花がかかったとふく内から使いの者が来た。

月江がふく内の内玄関に入るとすぐ女将の菊華が現れた。

「おおきに、よろしゅうおたの申します」

月江が挨拶すると、女将は奥の方へ目くばせをした。

月江は女将の大きな身体の横をすり抜けて、磨き上げられた廊下を進んだ。女将の居室から漏れてくる明かりだけで、薄暗くて足元が心細かった。灯籠の灯った箱庭の横を過ぎると、突き当たりに舞良戸《まいらど》があった。そこはお忍びの常連客しか入れない特別な部屋だった。

「こんばんは」

戸を横に滑らせると、長谷川等伯《はせがわとうはく》の金屏風《きんびょうぶ》が行燈の光に浮かび上がった。その前で喜兵衛がふく椿を相手に杯を傾けていた。

「この前、国富屋の大番頭がやってきて、鞍馬寺牛若丸奉納笛合戦に寄進してくれということやった」

部屋の中に進んで月江が正座するなり、大確屋喜兵衛は杯を置いて声をかけてきた。

「脇田《わきた》米問屋《こめどいや》の権蔵《ごんぞう》も寄進するらしい。百合賀にぞっこんや。わしが『よし、倍出してやる』と言うてやったら、番頭、目をまわしよった」

にんまりとした。

「紀市も、ふく椿の笛を聴いてみとうて仕方がないようや。あれは昔、笛好きでな、松志摩の笛を独り占めにした男や。けど、お前の笛を聴いたら腰を抜かすぞ」

ふく椿の肩に手をまわして顔をのぞきこんだ。

「ところでどうや、稽古は進んでるか」

「へえ、おおきに。女将さんが言うてはります。鞍馬寺に奉納するやなんてこんな有難い話あらへん。名手が二人も出はるし、恥ずかしないよう稽古しよしって」

「おお、よし、よし。お前はよう頑張る。死んだ佐津もそうやった」

喜兵衛が目を細め月江の方を向いた。

「どうや、前評判は……」

「へえ、ふく椿ちゃんは旦那様が大切に隠したはりますさかい、皆さん、想像たくましゅうしたはるみたいどすえ。天狗さんの娘らしいとか……」

「そうか、そうか。鞍馬寺がふく椿のお披露目や。大天狗殿もご機嫌やろう」

杯を干すとお盆に置いた。かつんと音がした。

「さあ、そろそろ吹いてもらおうか」

ふく椿に向かって囁《ささや》いた。


ふく椿の笛にあわせて即興で舞った。

笛の流れに漂うように、自然に手足が揺れた。

不浄なものが吹き払われる。

笛は高く、低く、七色の虹の浮橋を昇っていく。

頂上は輝きの渦だった。

笛がやんだ。

拍手の音がした。

月江は我に返った。

喜兵衛は夢を見ているような眼差しで手をたたいていた。

月江とふく椿はいったん廊下に出てから座敷に戻った。喜兵衛に向かって手をついてお辞儀をした。

喜兵衛は瞼《まぶた》を閉じて身動きもしなかった。額に汗が浮かんでいる。

ふく椿が横に腰を下ろして、懐紙で汗をぬぐった。

「おう」

我に返ったように喜兵衛が目を開いた。

「笛の音が二つ聴こえた。あれは佐津やった。極楽で吹いとったぞ」

「へえ、不思議どす。うちにも聴こえましたえ」

ふく椿が答えた。

「うーむ」

喜兵衛がうなり声をあげた。

「空耳やなかったか」

ふく椿の手をとって両方の掌で包んだ。

「こんなすごい笛を披露するのはもったいないくらいや」

喜兵衛は首を傾げて考え込んだ。

「しかしそうは言うてもなあ、見せびらかしてもやりたいもんや。こんな気持ちは久しく忘れとった。子どもの頃、正月の晴れ着を着て歩いた時と同じや。早う笛合戦の日がきたらええんやがなあ」

ふく椿の頬に唇を寄せると、

「最高の着物を用意させる」

「おおきに。楽しみどす」

ふく椿は十三歳とは思えない大人びた笑みを浮かべた。

喜兵衛は満足げに一つうなずいて立ち上がった。

「お帰りどす」

ふく椿が声をかけると、女将が現れた。

月江と女将は、ふく椿に手を取られ上機嫌で廊下を進む喜兵衛を追った。

式台の先には下男が喜兵衛の履物をそろえ、中腰で控えていた。

月江が先に回って玄関戸を開けた。

「おおきに、また来ておくれやす」

女将の声に送り出され、ずらりと並んだお茶屋の提灯の間を、喜兵衛は下男に先導されて遠ざかっていった。

夜もすっかり更け、辺りは人通りもなくなってひっそりしていた。見上げれば朧月《おぼろづき》が空を飾っていた。

下男の提灯が縄手通りの方に曲がり見えなくなると、

「月江ねえさん」

ふく椿が呼びかけてきた。

「何え」

「国富屋の大番頭さんが見えて、目録に載せる笛合戦の演目を教えてくれて言わはるんえ。うち、いつもそんなこと考えもせんと、ただ心に浮かぶまま吹いてきただけどすやろ。どないしましょう。決めてもらえませんやろか」

「ああ、そんなんお安い御用や。さっきの曲やったら、『虹の浮橋』でどうえ」

「すてきやわあ。あと二つ」

「この前吹いたんは『鴨川の椿』、もう一つはわかるやろ、やっぱり『母恋い千鳥』でどないえ」

「へえ、そうどすなあ。おねえさん、ほんまに、ほんまにぴったりどす」

ふく椿がふと涙ぐんだ。

「お母さんの名前、ちどり言うんどす」

「え、そうやったん、思い出させてかんにんな」

「ううん、嬉しおすねん」

指先で涙を拭きながらふく椿が微笑んだ。

玄関先に下げられた釣行燈の上にひとひらの花びらがついていた。

月江は行燈の光が届かない物陰にふく椿を引き寄せた。

「実は、あんたに話したいことがあってん」

「何どすか」

二階の座敷の方から、居続けの客の端唄がひっそりと響いている。

「久仁之助さんのことや」

「へえ」

「あんたには喜兵衛さんという旦那さんがいはるやん」

「へえ、お父さんみたいに思てます」

ふく椿があどけない笑みを浮かべた。

「旦那さんがついたら、お座敷の外で軽々しゅう、他の男はんと会《お》うたらあかんのえ。

久仁之助さんのことも気にかけてよしや」

「あっ、そうか、そうどすねえ。そこまで気がまわらへんかった」

ふく椿の結い上げた前髪を月江は撫でた。

あっけらかんとした口ぶりでふく椿は続けた。

「そういえば、久仁之助さん、『お母さん、笛ばかり吹いてて、わいのことちっともかもてくれはらへん、こんなとこ居てもしゃあない』、『わいと一緒にどっか逃げてくれへんか』と言わはったことがありました」

「で、あんたはどう答えたんや」

「いつもお母さんと一緒に住めてうらやましい。けど、うちのお母さんは必ず迎えに来てくれはるし、どこにも行きとうない、て答えました」

「そうや、行ったらあかんえ」

「へえ」

「あんた、久仁之助さん見て、どう思うんや」

「別に……優しい人と思いますけど」

「朝から祇園に入りびたり、ねえさんやらのお使いをしたりして、小遣いをもうてはる。あかんとは思わへん?」

「うちにはようわかりまへんけど」

ふく椿が首を傾《かし》げた。

「よう見とおみ。久仁之助さんと同じ年頃の人は皆汗水流して働いてはるやろ。久仁之助さんにもちゃんとした仕事して、まっとうな生き方をして欲しいと思わへんか。女に生まれたかったなんて言うて、ふらふらしてたら、この先どうならはるやろか」

「そんなん言われても……」

ふく椿は掌に目を落とした。

「あんたかて、久仁之助さんに一人前の男はんになってもらいたいと思わへんか」

「そら、うちもそう思います。けど、ええ知恵はありますやろか」

「……あんた次第や」

「うち次第……」

ふく椿は目をまんまるにした。

「これは内緒え。絶対に誰にも言うたらあかん。約束できるか」

月江は両手で口をおおうと、ふく椿の耳元でささやいた。

「実はなあ、久仁之助さんのお父さんは、国富屋の旦那さんなんや」

「えっ、室町の……」

ふく椿が息を呑んだ。

「そうやねん」

月江は紀市の病気のことは話さなかった。

「国富屋さんのお内儀様には跡取りが生まれへんかったんや。それで、久仁之助さんに戻って欲しいて言うたはるねん」

見開いたふく椿の目に月の光が映る。

「なんとか跡取りになってもらえるように、話してくれへんか。あんたのこと、ほんまに好きやったら考えはるはずや」

「うちにできまっしゃろか」

ふく椿が蚊の鳴くような声で言った。

「あんたやったらやれるて。いや、あんたにしかできしません」

ふく椿は下唇を噛《か》んでうなずいた。

可憐《かれん》な口元をみつめながら、月江は笛合戦の成功を祈った。

第五章　笛合戦

一

神無月（十月）一日、空は晴れ渡っていた。

月江は鞍馬寺本殿金堂の広場の入り口に立った。

紅白の幕が張りめぐらされ、「牛若丸奉納笛合戦」や「鞍馬寺」と書かれた幟《のぼり》が数えきれないほどひらめいていた。

幕の切れたところに臨時の小屋が設けられ、入り口に「鞍馬寺寺務所」と看板がかかっていた。

寺務所の脇には屋根に届くまで菰巻《こもまき》の酒樽《さかだる》が積んであった。その前の立て札のところに人が集まっていた。月江も後ろからのぞきこんだ。

「一金、一百両　国富屋　紀市
　大碓屋　喜兵衛　順不同」

黒々と大きな字で寄進者の名前が書いてあった。続けてちょっと小さく「一金、五

拾両　脇田米問屋　権蔵」とあり、寄進の金額に見合った大きさの字で百人ほどの名前が並んでいた。

「あるとこにはあるもんやな」

「なんや旦那衆の抱えてる芸子やらが出るらしいなあ」

「いや、一人はまだ舞子らしい」

「そら、みんな別嬪さんやろ、目の正月やな」

「耳かて正月やで」

「誰が勝つんにゃろ、言うたら旦那らの代理合戦みたいなもんやろな」

「酒のふるまいもあるんやないか」

人々の話し声を後にして月江は寺務所に入った。

畳の間の奥に黒い文机が横に並び、後ろに十人ほどの僧侶が座っていた。草履を脱いで上がると机の前に座り、一礼して招待状を差し出した。一般来賓者台帳に名前を書くと、僧侶が番組と座席の番号札を載せた風呂敷包みの折詰弁当をくれた。

それを胸に抱え、月江は垂れ幕をくぐって会場に入った。

本殿金堂の前の石段を下りたところに、能のような格好をした舞台がしつらえられていた。にわか仕立てとは思われぬほど念入りにできていた。能舞台と違うところは奥に鏡板がなく、本殿金堂の朱色の四角の柱が透けて見えることだった。舞台の左側に橋がかりのような通路が延び、垂れ幕で仕切られた楽屋に続いていた。

舞台の正面手前には緋毛氈が敷かれ、座布団が横に十二、縦に二十ほどずらりと並んでいた。その両脇に特別招待客と書かれた木札が立っていた。

緋毛氈の切れたところから後ろが一般招待客の莫蓙席だった。その最後列の端が月江の席だった。莫蓙席の後ろは自由席で、すでに大勢の人が持参した敷物を敷いて座っている。

月江は席に着くと、前方の特別招待席を見つめた。

ここから紀市を見守り、何かあったら駆け付けるようにと源斎に命じられていた。

（うまくやれるやろか）

考えただけで胸の鼓動が激しくなった。深呼吸して首を回し緊張を和らげた。

周りの席はまだまばらだったが、商人らしい人や内儀、花街の女将や芸子、武士や奥方、様々な芸道のお師匠さん、尼さんやお坊さん、立派な風采の人ばかりが座っていた。月江は自分だけ若すぎるし、この席にふさわしくないように感じて気が引けた。

次第に席が埋まっていった。

僧侶に案内されて、第二列中央に紋付き袴姿の紀市と喜兵衛と権蔵が入って来た。遠目であったが、紀市の顔が蠟のように青ざめているのがわかった。その後ろに、紀市を見守るように源斎が座った。源斎の悠々とした姿を見ると、気持ちが少し落ち着いた。

続々と招待客が入って来た。顔を見たことのある祇園の常連客が多く、京じゅうの富がここに集まったかのように壮観だった。座布団席の最後列に、男の内弟子と身を寄せ合っている幽雪の姿も見えた。その近くに久仁之助もいた。

招待客は重箱の料理に箸をつけ、酒を飲み始めた。月江も弁当を食べようとしたが喉を通らなかった。持参した竹筒の水を飲んだだけだった。

第一列は依然として空いていた。

二

紫の僧衣をまとった鞍馬寺の貫主《かんす》を先頭に、正装した僧侶たちが静々と入場してきた。

太鼓の音が鳴り響き、座布団一列目の中央に貫主だけを残して、僧侶たちは次々に正面の階段から舞台に上っていった。本殿金堂に向かって横に並ぶと読経を始めた。厳かな響きが鞍馬山全体にこだました。

読経が終わり、僧侶たちが下りると、貫主が舞台に立った。身体は小柄ながら長いあごひげをたくわえ、眼光炯々《けいけい》として身のこなしは重々しかった。

まず本殿金堂に合掌した。それから客席を向いて合掌した。

「これより鞍馬寺の毘沙門天《びしやもんてん》、千手観音《せんじゆかんのん》、御前にて、義経供養の笛を奉納いたします。まずは毘沙門天と千手観音のご恩に感謝し奉り、またここにお集りの皆様方に厚く御礼申し上げます」

貫主が言葉を切ると、人々も自然と頭を下げた。

「さて、鞍馬寺は平安京の北の護《まも》りとして悪霊《あくりよう》怨霊《おんりよう》を封じてまいりました。鞍馬寺がある限り、未来永劫《えいごう》にわたっていかなる外敵が攻めて来ようと、京の都は安泰でございます。なぜそのような力が鞍馬寺にあるのでしょうか」

貫主は聴衆を見回した。

「鑑禎《がんちよう》上人《しようにん》が宝亀元年（七七〇年）正月四日、寅《とら》の日に毘沙門天を祀られて鞍馬寺が創設されました。毘沙門天は北方の守護として強大な力を持ち、世人に福徳を授けて下さる輝かしい神様でございます。

それから延暦《えんりやく》十五年（七九六年）、藤原伊勢人《ふじわらのいせんど》様が千手観音菩薩《ぼさつ》を祀られました。千手観音は大悲観音とも申しますが、慈悲を与えて下さる観音様でございます。

鞍馬寺の毘沙門天と観音菩薩とは同体でございます。力と慈悲とが合わさりますと、これを超えられるものはございません。かくして王城の北が守られてきたのでございます」

その声は周囲に木霊《こだま》して、鞍馬山が語りかけてくるように響いた。

「さらに、皆様ご存じのように鞍馬山は不思議に満ちたところでございます。本殿金堂の奥の山に分け入って僧正谷《そうじようがだに》の方へ進めば、大樹や天狗杉が空を覆い、鞍馬竹が密生し、そして自然石が重なりあっております。木の葉の隙間から漏れる光の筋を頼りに歩いて行きますと、どこからかこの世ならぬものに見られている気配を感じることがございます。

謡曲『鞍馬天狗』をご存じの方も多いでしょう。あながちこれは作り話ではございません。

ある山伏が鞍馬の山中で源氏の御曹司、沙那王《しやなおう》に出会いました。山伏は、御曹司がその名前に毘沙門天と同じ『沙』の字を持ちながら、毘沙門天の慈悲に漏れていることに同情しました。山伏はそこで『この山に長く住む大天狗とは私のことである』と正体を明かしました。そして『兵法の大事を伝えて、平家を滅ぼしたまうべきなり』と、御曹司に兵法をお授けになりました」

観客は目を輝かせて聞き入った。

「拙僧は鞍馬寺に小僧で入山して六十年あまり、ずっとここで修行してまいりました。その間、深夜の行の最中に、ほんの一瞬でございましたが、一度だけ大天狗のお姿を拝見したことがございます。大天狗は恐ろしいと同時に慈愛に満ちたお姿でございました。拙僧はただ伏し拝むばかりでございました。連日連夜の荒行にくじけそうになっておりましたが、勇気を授けていただき、さらに行に励んだものでございます」

貫主は言葉を切って、空を見上げた。同時に人々も手を合わせた。手拭いを目に当てる者もいた。

ここで貫主の語り口が軽やかになった。

「さて、『義経記』の話も、皆さんご存じでございましょう。九百九十九振りの太刀を集めた弁慶が、五条天神で千振《ちふ》り目に立派な太刀を手に入れたいと祈願していると、どこからか風情ある笛の音が聞こえてまいりました。近づいてきた笛の主を見てみると、若い優男《やさおとこ》で、腰に黄金の太刀を佩《は》いています。弁慶は、簡単に奪い取れると思って若者に襲いかかりました。ところがその若者こそ、かの御曹司だったのです。逆に弁慶は胸を踏みつけられ、刀を奪われて降参いたしました。御曹司の気が弁慶の気を圧倒したのでございます」

聴衆は貫主の話に聞き入った。

「ところで気とは何でございましょうか」

貫主は席を見回した。

「佚斎樗山《いっさいちょざん》という人に『天狗芸術論』という書物がございます。八十年ほど前に出た書物ですが、そこに気のことが書いてございます。昔、御曹司のように強くなりたいと願った剣術者がありました。そこで深山に入って天狗に呼びかけました。そこが鞍馬山であったかどうかはわかりません。念願がかなって天狗たちが現れました。杉の梢《こずえ》に座って言葉を交わすのが聞こえました。

いわく、剣の極意は気にある。気とは生の源であり、力、勢い、活力のことである。だが気を発揮するには、『孟子《もうし》』にいう四端《したん》の情が必要である。

一番目は、惻隠《そくいん》の情、すなわち憐《あわ》れむ心。

二番目が羞悪《しゅうお》の情、すなわち不善を恥じ憎む心。

三番目が辞譲《じじょう》の情、すなわち礼節の心。

そして四番目が是非《ぜひ》の情、すなわち物事の是と非を分ける智の心」

聴衆があちこちで私語を交わし始めた。

貫主は笑みを浮かべた。

「難しくなってしまい、失礼いたしました。ともかく、御曹司の笛には気がこもり、四端の情がありました。その笛の音が、見目麗《みめうるわ》しき白拍子、静御前《しずかごぜん》を引き付けたのも当然でございましょう。そしてまた、今から奉納されます祇園のきれいどころの笛に、御曹司もさぞかし満足されることでございましょう」

一斉に拍手が湧き上がった。

「さて、笛合戦は合戦と名がありますように、勝敗を決定します。はばかりながら拙僧が判定をさせていただきます」

　貫主は実際に笛を吹くように両手を口元に持って行った。

「穴が開いただけの細い竹の笛、されど、吹く人の気はおのずとその音に現れてまいります。拙僧は笛にこもる気を評価いたします。決して笛の上手下手を評価するものではございません。なお勝者には褒美が用意されております」

　再び拍手が湧いた。

「奉納の笛とともに、京の都もますます安泰、ご出席の皆様方も、さらに福がついて商売繁盛、病魔も雲散霧消いたしますようお祈り申し上げます」

　貫主は合掌して舞台を降りた。

　通路の方から三味線を抱えた黒紋付の地方《じかた》が入って来た。

　どっと客席がわいた。

　開幕を知らせる拍子木が鳴った。

　地方が地歌「高砂《たかさご》」を演奏し始めた。

　前座となる舞が始まった。

　十一人の芸子が鞍馬寺の紋を描いた金色の扇で扇ぎながら小走りに現れた。月江は、春風に吹かれる祇園の枝垂桜《しだれざくら》を目の当たりにしているように感じた。周りの人々も恍《こう》惚《こつ》とした表情で見入っていた。

芸子が下がると、入れ替わりに黒と白の僧衣にたすきをかけた、肩幅の広い大男が舞台に上った。かかえた朱塗りの胴の小鼓が小さく見えた。頬髯《ほおひげ》に覆われた馬面で、鋭い目つきをしていた。

月江は番組を開いた。

「一調一管《いっちょういっかん》
鼓　鞍馬寺荒木坊《あらきぼう》」

と書いてあった。

隣の人の声が聞こえた。

「一つ打てば鞍馬山の木の葉の一枚一枚まで震えるということや」

「おや、おや、鞍馬寺と祇園の合戦みたいなもんやな」

笛合戦開始の太鼓が鳴った。

派手な着物の百合賀が現れた。月江は目を奪われた。

朱赤地に、金糸で刺繍された大輪の糸菊が肩から身へと巻き付いていた。帯は、ひわ色地に金糸を織り込んだ吉祥紋《きっしょうもん》の丸帯だった。白い顔が金襴の花園に咲く白百合のように楽しげに浮き上がって見えた。

百合賀は真正面の座布団に正座し、姿勢を整えた。

甘い香りのする笛の音が漂った。すぐに鼓が寄り添った。

鼓をしなやかにかわしながら、笛は歯切れよく進んでいった。

「よー」

荒木坊が掛け声を発した。

笛の音が高まり、同時に鼓が速くなった。

二つの音が絡まり合って渦を巻き、月江は身体ごとその渦に吸い込まれていくように感じた。

客が立ち上がって身体を揺らし始めた。

やがて野火が広がるように踊りの波が広がっていった。

呆気《あっけ》にとられたように客席を眺めていた僧侶たちも、誰からともなく手足を振り始めた。貫主だけがぽつんと取り残された。

ついに、貫主も、両手を上げたかと思うと渦の中に跳び込んだ。

どっと歓声が湧き上がった。

荒木坊の顔がほころんだ。縦横無尽に跳ねる鼓を笛が彩った。

笛がやむと、祭りの篝火《かがりび》が消えるように踊りもおさまった。

次の刹那《せつな》、割れんばかりの拍手が湧いた。

次なる太鼓の音が響き渡った。

休憩の間、僧侶たちに酒を振る舞われ、ざわめいていた会場が、水を打ったように静まりかえった。

緋毛氈を占めていた旦那衆が、一斉に舞台を見上げた。

通路に松志摩が現れた。

黄昏の秋空のような深い紫の地に流水の文様が染め抜かれ、裾に大ぶりの萩が描かれた着物に身を包んでいた。胸元に赤い漆塗りの笛をたずさえ、伏し目がちに舞台の中央に進んだ。

「幻のようや」

「伝説の笛やな」

どこからともなくささやき声が聞こえてきた。

月江は、かつて旦那衆の多くが松志摩に恋心を燃やしたが、紀市に引かれて祇園を去って皆が嘆いたという話を思い起こした。

松志摩は荒木坊に深く一礼すると、唇に笛をあてがった。

静寂が張り詰めた。

山の端から月が昇るように、穏やかに笛の音が立ち上がった。

月の輝きが次第に増していく。

「いよっー」

荒木坊の掛け声と鼓が、月の輝きを追う。

笛が中天に昇ると、雲が月に戯れるように鼓が跳ねた。

笛の音が変わった。

艶《つや》のある響きが会場を覆った。

鼓が笛をあやすように揺れた。

突如として笛が絶叫した。

月江は息を呑んだ。辺りが稲光に打たれたようだった。

鼓が雷鳴のように轟いた。

やがて、笛の音が安らぎを取り戻し、雷鳴も遠ざかっていった。

突然、奇妙な声が乱入した。

「しっ」

あちこちから声が上がった。

みんなが目を吊《つ》り上げて、一つの方向を向いていた。

紀市が両手で顔を覆っていた。

源斎が立ち上がり、衆目の中で紀市の背中に手をまわし、抱えるようにして幕の外へ連れ出した。

急いで月江も席を離れた。自由席の人々の間を抜けて会場の外へ出た。

笛は何事もなかったかのように流れ続けている。

源斎が紀市を連れ出したのは楽屋口の方だった。

幕の外側をそちらへ回っていくと、楽屋口の前で紀市が源斎の胸に顔をうずめていた。三、四人の芸子が近くに立って、不安そうに二人を見ている。

「先生、苦しい……」

月江が近づくと、紀市がうめくように言うのが聞こえた。

月江の視線に気がつくと、源斎が楽屋口の脇に置かれた床几に目をやった。月江はうなずき、紀市のすぐ横に床几を動かした。

「どうぞ休んでください」

源斎が言った。

紀市が両手で頭を抱え、うずくまるように腰かけた。

「息を大きく吸ってください。落ち着きます」

源斎は紀市に声をかけると頭を上げ、月江に身体を近づけた。

「楽屋口から松志摩さんが出てきたら、紀市さんをお傍にお連れしなさい」

「えっ」

「わしが連れていったのでは、あちらも何事かと緊張するやもしれぬ。顔見知りのお前のほうがよい」

「けど、それからどうしたらよろしいのどすか」

「そこだ。たまたま出逢《であ》った風に声をかけて、話をするきっかけを作ってほしい」

「そんな……」

月江は顔から血の気が引いて行くのを感じた。無理どす、と答えようとした。だが源斎は、

「頼んだぞ」

とだけ言うと、

「月江がご一緒させていただきます。きっとうまくいきます」

そう言い足して紀市の肩に一度手を置くと、会場の入り口へと足を向けた。

後ろ姿を目で追いながら、月江は、先生、ひどい、と思った。

幕の向こうに源斎が消えた。気落ちしている暇はなかった。紀市の方が心細いのだ。

月江は床几に座ったまま石のように硬くなっている紀市の背中をさすった。

笛の音が消え入るようにやんだ。

万雷の拍手が轟《とどろ》いた。

楽屋口から松志摩が笛を抱えて現れた。

「あっ」

紀市が低く短い声を発した。月江は唾をのみ込んだ。

「参りましょう」

紀市の腕を取って立ち上がらせた。

月江に引かれるまま、紀市は口を真一文字に結び、松志摩に歩み寄った。

三

月江に気がついて松志摩は歩みを止めた。

「松志摩ねえさん、さすがでございました。ええお勉強をさせていただきました。おおきに、ありがとうございました」

月江はともすると上ずりそうになる声を圧《お》して挨拶をした。

「久しぶりの晴れがましいお席で緊張しました」

松志摩は会釈すると、月江の後ろにいる紀市に目をやった。

「昔の音色を越えておった」

紀市がつぶやくように言いながら松志摩に近づいた。

松志摩は目を伏せて会釈した。

「様々なことを思いながら聴かせてもろうたで。心にしみた。お前の笛はやはり優しい。人となりが出るもんやなあ」

紀市が低い落ち着いた声で言った。

（さすがに大店の旦那さんの貫禄や）

月江はほっとした。

松志摩は、

「おおきに、おそれいります」

とだけ答えた。

「実はお前に折り入って話がある。聞いてくれへんか。暇は取らせへん」

ようやく松志摩は紀市と目を合わせた。

楽屋の出口のあたりには、出番が終わって舞台から下がってきた芸子たちがいた。

「ここでは人目につきますし、ちょっと離れましょうか」

月江は四、五間（約七〜九メートル）先の紅葉《もみじ》の大樹の方を指さした。

紀市がうなずいて、松志摩に目で合図した。

月江が歩き出すと、二人は後をついて来た。強い風が吹いて紅葉の葉がざわめき、落ち葉が舞った。

大樹の下まで来ると月江は立ち止まり、

「ここならよろしおすやろ。うちはちょっと席をはずしときますさかい」

と二人に告げた。

月江は来た道を戻るふりをして、苔むした高い石灯籠の陰に隠れた。そして源斎に言われた通り、二人の様子をうかがった。足元に積もった落ち葉が、風でかさかさと音を立てた。

「もう一度、お前の笛が聴けるとは思わんかった」

紀市の声が聞こえてきた。月江から二人の姿は見えにくかったが、声はよく通った。

「おおきに」

「あの頃とひとつも変わらへん。相変わらず美しい」

「いいえ、もう歳を取ってしまいましたえ。恥ずかしゅうて……」

「いや、そんなことはない……」

「この笛、覚えたはりますか。琵琶湖の畔、笛職人のお家まで一緒に行って、買《こ》うていただきました。今日みたいに晴れた冬の初めどした。懐かしゅうて、ふと持ってきたんどす」

「わしも若かった……残《のこ》んの萩が目に浮かぶ」

「買《こ》うてもうたばかりの笛を吹かせてもらいましたなあ」

「聴き惚れたもんや……」

「また聴いてもらうやなんて……こんな日が来るとは夢にも思いまへんどした」

「お前の笛が消えてから、心に穴があいたようやった……埋めようと仕事に打ち込んだ」

「国富屋さん、ご繁盛と聞いてます」

「うん、金は儲《もう》かった。せやけど、笛の代わりにはならんかった。人というもんは、金だけでは幸せにはなれん。ようやくわかった」

「……」

「お前はどうしてた」

「誰も支えてくれる人もいいひん毎日どした」

「新しい旦那を取ったら、よかったやないか。なんでそうしてくれんかったんや」

「そんなお話もありましたけど、お断りしましたえ」

「何でや……」

「もうお日さんは見とうありまへんどした」

「寂しかった……やろ……」

「心が砕けへんかったのは、久仁之助がいたさかいどす。お月さん見ながら笛を吹きました」

「久仁之助か……手元で育てて、大きくなっていくのを見たかった。愚かやった。あの頃わしは、この世には他にもええもんがあると夢を見ておったんや。けど、この歳になってようやく夢から覚めた」

「……」

「あんな仕打ちをして、すまんかった……」

「ご病気やという噂どしたえ。お体はどうどすか」

「もう治った」

「よろしおしたなあ」

それきりどちらも黙り込んだ。

「よし屋の女将さんから聞きました」

松志摩が沈黙を破った。

「久仁之助を後継ぎになさりたいのどっしゃろ」

「……」

「国富屋さんの跡取りになって、お金持ちになった方が幸せか。祇園で男衆になって、貧乏でも気ままに暮らすほうが幸せか」

つむじ風が吹いて、紅葉の大樹が、ざあと音を立てた。

「笛を吹いてたら、大天狗様のお声がしました」

「えっ」

「お前の子は立派な後継ぎになれる、て……」

「……」

紀市の声は葉擦れの音に消されて聞こえなかった。

「何とぞ、久仁之助をよろしゅうにおたの申します」

「あ……」

紀市が声を詰まらせた。

「ありがとう……おまえがそう言うてくれんのやったら、久仁之助と一緒に暮らそう」

「……うちは今更、お日さんの下やらまぶしゅうて歩けしまへん」

「そんなこと言わんと……」

「一人前になるまで、久仁之助とは会えしまへん」

「それではお前があんまりや……」

「わがままに育てましたけど、気立てのええ子どっせ」

紀市が子どものように声を上げて泣き出した。

「ほら、きれいにせんとあきまへん。国富屋の旦那さんどすやろ。みんな見てまっさかいなあ」

「……」

「うちは花街の女どす。旦那様を取った時から、別れの日が来るのは覚悟してましたんえ」

「そんな……」

「どうぞ、久仁之助を鍛えて、立派な跡取りにしておくれやす。それがうちの喜びどすさかい。うちは笛と一緒におります。これさえあれば、寂しゅうおへん。久仁之助のために吹かせて貰《もら》います」

松志摩の声に乱れはなかった。

気づけば月江も、両手で顔をおおっていた。

四

月江が客席に戻ると、ふく椿が通路から現れるところだった。赤い椿の描かれた黒紋付の裾には、左には牛若丸のとび姿、右には薙刀を持った弁慶の絵柄が入っていた。

「おお」

客席から感嘆の声が走った。

「こんなん、初めてや」

「見事やな」

あちこちで言葉が飛び交った。月江は切支丹伴天連《きりしたんばてれん》の秘画にある、羽のある裸の子どもを思い浮かべた。

やがてみんなの目は大確屋喜兵衛へと集まった。

喜兵衛は恥ずかしそうに下を向いていた。

椿の花簪が静止すると、微かに笛が鳴り始めた。

次第に染み渡るように辺りを満たし、勢いを加え、高みを目指して昇っていった。

前の二人とは違った素朴な響きだった。

鼓が入りこもうとしても、その隙を見出せないようだった。強引に割り込んでも、笛の響きはもはやそこになかった。

それでもなお、鼓は強引に連打しながら追いかけた。荒木坊の顔が真っ赤になった。

牛若丸と弁慶さながらの戦いが始まった。

笛は舞うように身をかわし、鼓は空を切り続ける。

荒木坊の顔から汗が流れ落ちる。口を結び、目を吊り上げて打ち続ける。

突然、荒木坊が鼓を抱えたまま卒倒した。すぐ、控えていた三人ほどの僧侶が舞台に上がった。

鞍馬の峰々から強い風が吹きつけた。紅葉の群れが飛んで、ふく椿の周りに渦巻いた。

鼓の音が消え去っても、燃え盛る炎に包まれて笛は流れ続けた。

何気なく、月江は近くに座っている尼僧に目をやった。

三人並んだ真ん中の尼僧の頭巾が風にめくれあがっている。

その顔を見た途端、月江はわが目を疑った。まるでふく椿がそこにいるかのようだった。

(お母さんや)

目を凝らした時すでに頭巾は元に戻っていた。だがほっそりとした身体つきも、袖口から出ている白い手の形もふく椿にそっくりだった。

(なんでこんなところに)

月江は動悸がして、息が苦しくなった。

(ほんまのことやろか)

月江は周りを見回した。

喜兵衛は取り憑《つ》かれたように身を乗り出し、久仁之助は目を閉じて聴き入っている。

幽雪は両手を頭に当てて微動だにしない。

月江が尼僧に気を取られて呆然《ぼうぜん》としている間も、笛の音はのびのびと響き渡っていた。

演奏が終わり、観客が一斉に立ち上がった。

拍手に包まれて、ふく椿が通路を下がっていく。周りの人々が緊張から解き放たれてほっと息をつくのが見えた。

控えの者が舞台に上がり、座布団を片付けだした。

人々は、

「勝者は誰やろか」

口々に品定めを始めていた。


貫主が舞台に上った。

ざわめいていた客席に緊張が走った。

「三者三様、祇園の笛の名手の演奏を楽しませていただきました。まず、お三方に厚く御礼申し上げます。さっそく審査発表をさせていただきます」

観客が静まり返った。

「まず、最初の百合賀さんの演奏は心浮き立つものでございました。お日様のように心を照らし、生きる力を授けてくれる笛でした。拙僧もいつの間にか引き込まれて、気がついたら踊っておりました。たとえて申せば、毘沙門天の笛でございました」

観客は一斉にうなずいた。

貫主は咳払《せきばら》いした。

「次の松志摩さんの笛は、夜の闇に月を呼び込むが如《ごと》くでございました。拙僧も、かって冷え込む鞍馬の冬の夜、荒行のさ中、こうこうと輝く月を眺めたものでございます。月光は魂の奥まで染み込んで、観世音菩薩《かんぜおんぼさつ》の如く慈悲で包んでくださいました。あらためて勇気を取り戻したものでございます」

貫主は合掌した。

「これぞまさしく観世音菩薩の笛でございます」

大きな拍手が湧いた。

貫主はもう一度咳払いして拍手が鳴りやむのを待った。

「ふく椿さんの笛は、百合賀さんや松志摩さんに比べまして、素朴な力にあふれておりました。若々しい生命の力、苦難を突き抜け、上へ上へと昇っていく力が感じられました。拙僧は弁慶を倒した御曹司の姿を思い浮かべました。これこそ大天狗様の金剛力を備えた笛でございましょう」

ここで貫主は一息入れた。

人々は身動きもせず舞台を見つめている。

「百合賀さん、松志摩さん、ふく椿さんの笛、いずれもそれぞれの気がこもっておりました。とても差はつけられません」

客席が静まり返った。

「三人、引き分けとさせていただきます」

どよめきが上がった。やがてどよめきは歓声に変わり、拍手となって鞍馬山に響き渡った。

その時、控えの僧が舞台に上がり貫主に何事かをささやいた。貫主はうなずくと客席を見回した。

「ふく椿さんの途中で荒木坊が倒れてしまい、まことに失礼いたしました。今、荒木坊が元気を回復いたしまして、皆様にお詫び申し上げたいそうでございます。よろしゅうございますか」

また一斉に拍手がわいた。

荒木坊が舞台に上がり、貫主の横に立って大きな身体を二つに折った。貫主は励ますように荒木坊を見ている。

荒木坊が訥々《とつとつ》と口を開いた。

「醜態を、さらしまして、失礼いたしました。祇園のきれいどころの笛を、三本も、相手にしましては、受けきれませんでした。お詫び申し上げます……」

言葉の終わらないうちに大きな拍手がわいた。

貫主と荒木坊が頭を下げた。

「さて、褒美の品は三等分とさせていただきます」

貫主が締めくくると、大きな拍手が渦巻いた。

月江は頭巾の尼僧の方を見やった。

尼僧は代わる代わる両隣の尼僧を向いて何事かをささやいている。

三人は同時に立ち上がった。頭巾の尼僧は前後を二人に挟まれ、人波をかき分けて出口の方に向かった。

月江は急いでその後を追った。

五

会場を出ると、三人は足早に楽屋口の前を通り、先ほどの紅葉の大樹の方へ歩いていった。

月江も素早くその方へ歩を進めた。

尼僧の一団は本殿金堂の左奥、貴船《きふね》へ続く山道の方へ向かった。周囲に人影はなく、月江は樹木や灯籠の陰に身を隠しながら後を追った。

密生する樹木の間を縫うようにその道は延びていた。

薄暗い道をしばらく進むと、大きな鬼の顔のような岩があった。

岩を通り過ぎたところで突然尼僧の姿が消えた。

月江は慌てて岩の前まで進んだ。

鬼の口に当たる割れ目から小さな音を立てて水が湧き出していた。その脇の草むらを斜めに上っている小道が目に入った。

（これはなかなか気づかんな。うっかり通り過ぎてしまいそうや）

月江はほっと息をついた。足跡はうっすらとその道に踏み込んでいた。

小道の先の樹木の間に尼僧の白い衣が見えた。小道は曲がりくねって気づかれる恐れはなかったが、月江は適当に距離を取って木立や藪《やぶ》の陰を伝って追いかけた。

静寂の中に尼僧らの落ち葉を踏む音が響き、不気味な鳥の鳴き声がした。自分の足音が聞こえないように、月江はなるべく落ち葉の少ないところを歩いた。

深山の樹木の淀《よど》んだ臭いに包まれていると、恐ろしいところに入り込んでいくような気がした。

帰る時に迷わないように、月江は時折ふり返って途中に立ち並ぶ杉や欅《けやき》の巨木の枝ぶりや幹の格好、そして石や岩の形などを頭に入れながら進んだ。

片側が断崖《だんがい》になっているところにさしかかった。断崖の底は見えず、かすかに水の流れの音が響いてくるだけだった。

崖《がけ》の細道をようやく過ぎると、密生する竹林に入り、険しい上り坂になった。

自然の石を積んだだけの苔むした階段が現れた。両端が紅葉で覆われて紅い洞窟《どうくつ》のようだった。上り詰めたところに、俗世を離れた世界への入り口のような明るい穴が見えた。

三人の姿が穴を通り抜けて消えた。月江は一気に階段を駆け上がった。

「あっ」

穴を抜け出た途端に、周りが明るくなった。さわやかな風が頬を撫でた。

夕日の中に尼寺らしい優雅な山門が浮かび上がっていた。その向こうには、檜皮葺《ひわだぶき》の本堂の屋根が紅葉に覆われ、紅い後光に包まれていた。

（仙境いうのはこんなとこやろか）

月江は一瞬我を忘れて見とれた。

尼僧はその寺の山門の脇にある通用門の前に立っていた。ぎいっときしんだ音が響き渡って、三人は次々とその中に消え、扉が閉まった。

月江は通用門の前に駆け寄った。

押してみたが扉は固く閉ざされ、びくともしなかった。

月江は山門の正面に回った。

軒下を見上げると「魔王寺《まおうじ》」と縦書きされた寺額がかかっていた。

寺額の一番上に金色の寺紋がついている。大天狗の団扇の形だった。紛れもなくふく椿の笛に入っていた紋と同じだった。

（ふく椿ちゃんのお母さんに間違いない）

月江は高鳴る胸を抑え、もう一度通用門に回った。

「こんにちは」

思い切って呼んでみた。

だが返事はなかった。

「大事な用事がございます」

何度も声を出し、拳でたたいた。

やはり静まり返ったままだった。

他に入り口はないか、周りを見回した。

山門の両脇には白い漆喰《しっくい》の築地塀《ついじべい》が続いていた。

壁の一方は先の方が崖になっていて進めなかった。

通用門のある側はその先の林の中まで延びていた。月江は塀をたどって林の中に踏み込んでみたが、すぐに繁《しげ》った藪に突き当たってしまった。

（はしごでも持ってこんと、乗り越えられへんな）

塀を見上げながら、月江は溜息をついた。

再び月江は通用門の前に立った。

扉と壁の間に小さな隙間があるのに気がついた。月江はそこに目を押し当てた。

山門から方形の石畳の道が一直線に本堂に向かって続いていた。その両側には手入れの行き届いた庭が広がり、椿の大樹がそびえ、人に似た五輪塔の長い影が見えた。

本堂の正面に賽銭箱《さいせんばこ》、その後ろに四段の木階《きざはし》があった。木階を上った先の大きな両開きの扉が開いていた。扉の奥は暗くて見えなかった。

本堂は外縁に欄がめぐらされ、右の側面に渡り廊下がつながっていた。渡り廊下がどこまでいっているのか、隙間が狭すぎてわからなかった。

月江は目を離した。どこかで鹿の鳴き声がした。

急に冷え込んだように背中がぞくぞくした。

本堂から何かが空へ昇っていく気配がした。

月江は耳を澄ました。

それは次第にはっきりしてきた。

「あっ、ふく椿ちゃんの笛……」

笛の音が生き写しだった。

(きっとお母さんや)

月江はくるりと向きを変え、紅葉の洞窟の方に駆け出した。

登ってきた山道を必死で走り下りた。

夕映えの中、鞍馬寺の広場では大勢の作務衣の僧が作業をしていた。舞台を解体したり、座布団を積み上げて大八車に積んだり、莫蓙をたたんだり、笛合戦の片付けに余念がなかった。

月江は急ぎ足で僧侶たちの脇を通り抜け、広場の東側にある宿坊へ向かった。

玄関先で四、五人の芸子が話をしていた。その中によし屋の置屋に住む芸子のよし文《ふみ》がいた。

月江は駆け寄るなり、

「源斎先生は」

と声をかけた。

「まあ、どうしゃはったんえ」

よし文が目を丸くした。その時初めて月江は、着物が乱れ、自分が尋常な格好ではないことに気がついた。

「すんまへん、挨拶もせんと。急用なんどす」

荒い呼吸を整えながら言った。

「だいぶ前に山下りはったえ」

よし文の横にいた芸子がのんびりした声で答えた。

「ふく椿さんはどこにいはりますか」

月江は交互に二人を向いて訊ねた。

「あそこで見かけたわ。ふく内の女将さんと一緒やったよ」

よし文が隣の宿坊を指さした。

「おおきに」

月江はその方に歩を速めた。

野菜の入ったかごを持った僧侶たちが歩いていた。月江は頭を下げながら間を抜けて小走りに進んだ。

宿坊の庫裡《くり》の前まで来た。

中に飛び込むと、むっとする湯気に包まれた。

たすき掛けの僧侶たちが、壁際に並んだ竃《かまど》の前で夕食の支度をしていた。

目の前の小坊主と目が合った。

「すんまへんけど、ふく椿さん、呼んでもらえまへんか」

「ふく椿さんですか」

小坊主は持っていた手桶を横の柱の脇に置くと、急いで板の間に上がっていった。

戻ってきた小坊主の後ろから、普段着のふく椿が現れた。

「いや、月江ねえさん、こんばんは、今日はおおきに、これからお祝いどす。なんや嬉しゅうて……」

月江を見た途端、

「どないしはったん」

ふく椿は立ちすくんだ。すぐに足元を見回し、上がり框の下にあった大きな下駄をつっかけた。

月江に続いてふく椿が庫裡の外に出るなり、

「お母さんや、お母さんを見たんえ」

月江は早口で言った。

ふく椿はぽかんと口を開けた。意味がわからない風だった。と、突然大きく目を開いて木像のように動かなくなった。

「この目で見たんや」

月江は自分の目を指さした。

「ああ……」

声を上げると同時に、ふく椿はその場に屈み込んだ。

月江は慌ててふく椿の脇にしゃがみ込んだ。手を握って、

「しっかりして」

と身体を揺すった。

ふく椿はうっすらと目を開けた。

「あんたにそっくりやった。間違いあらへん」

「ほんまどっか……お母さん、お母さん」

月江に抱き着くと同時に、ふく椿は声を上げて泣き出した。

ちょうどその時、

「ふく椿ちゃん、早よ支度せんとお座敷に間に合わへんで」

庫裡の方から男衆の声がした。

ふく椿はそちらを振り向きもせず、

「どこで……」

喘ぐように訊ねた。

月江は早口にささやいた。

「魔王寺や。山奥にある」

「連れてっておくれやす」

「明日行こう。けど、誰にも言うたらあかん。旦那さんと女将さんにはお暇をいただいて来るんえ。うちと一緒にちょっと鞍馬山を見物します、夕方には帰ります言うたら、許しが出るはずや……」

月江はふく椿の手を引っ張って立ち上がらせた。

「さあ、遅れたらあかんえ」

だが、ふく椿は月江から離れようとしなかった。

男衆がやってきてふく椿の横に立った。

「さあ、急がんと、お座敷に間に合わへんで」

男衆はそう言うと、ふく椿を庫裡の方へ引っ張った。

手を引かれたままふく椿は振り向いた。

「月江ねえさん……明日、おたの申します……」

半泣きのような声を上げた。

第六章　大天狗

一

山道を抜けた先に見えた本堂の屋根がまぶしかった。
(ここにいはる)
ふく椿は母の息遣いを感じた。
山門に駆け寄った。
扉は閉ざされ、たたいても返事はなかった。
「お母さーん」
ふく椿は声の限りに呼んだ。
ただ山彦《やまびこ》が響くばかりだった。
(何で返事をしやはらんのやろ)
見上げた天狗の団扇紋が涙でにじんだ。
「一緒に呼んでみまひょ」

通用門の前にいた月江が声をかけてきた。

ふく椿は袖で涙を拭きながら月江に並んだ。

「ごめんやす。お春どす。どなたかおいでやすか」

「お母さん、扉を開けておくれやす」

風にそよぐ葉擦れの音や野鳥の声だけが答えた。

「誰も出て来はらへん」

月江が言った。

「他に入り口ないんやろか」

ふく椿は月江の顔を見た。

「うちも探してみたんえ。ここしかないみたいやなあ」

月江がそう言って、通用門の隙間を指さした。

「中が見えるえ」

ふく椿はそこに目を押し当てた。

人影はなく、石畳の突き当たりに本堂や大椿が見えた。どこかで見たことのあるような光景だった。

不意に暗い本堂の中で白い人影が動いた。

尼僧の後ろ姿が見えた。なだらかな肩は母そっくりだった。

尼僧はさらに本堂の奥の方に進んで見えなくなった。

かすかに笛の音が立ち上った。

(ああ、お母さん……)

ふく椿は扉から顔を離し、目を閉じて手を合わせた。

笛の音が次第に高まった。

母と一緒に暮らした日々がよみがえった。

笛を口に当てた母の周りを椿が飾っていた。鴨川の小波が千々《ちぢ》に揺れて輝き、柔らかな風が頬を撫でた。

(幸せやったなあ)

笛の音は軽やかに舞い上がる。

昔に比べると、音色はさらに透き通り、気高くなっている。

ふく椿は目を開いて笛の音を追った。

千切れ雲と戯れるかのように上っていく。

ふく椿は自分の身体も空に浮かぶように感じた。

笛が止《や》んだ。

ふく椿は我に返った。

草履の上に枯れたもみじ葉が落ちていた。

再びふく椿は隙間からのぞき込んだ。

本堂から白い頭巾をかぶった尼僧が現れた。

笛を載せた仏器膳をうやうやしく捧げ、本堂の外縁を歩いていった。顔はよく見えなかったが、身体つき、姿勢や足の運び方は母だった。

「お母さん」

ふく椿は呼んだ。

尼僧は外縁から渡り廊下へ進み、あっという間に視界から消えた。

「お母さんに間違いあらへんか」

月江が訊ねてくる。

「へえ、お母さんどす」

ふく椿は両手で顔を覆った。

「神様はなんで会わさんようにしはんにゃろ」

「こっちに来て」

月江に袖を握られ、ふく椿は門から二間（約三・六メートル）ほど離れた場所に立つ紅葉の方に引っ張られた。

紅葉の木陰に平たい大石があった。月江はそこに腰を下ろして、横をたたいた。

「ここに座って、通用門が開くのを待とうか」

「へえ」

ふく椿が腰かけると、月江が竹筒を差し出した。

「おおきに」

ふく椿は竹筒を口に当てた。

竹の香りがする水が、渇いた口の中に流れ込んだ。

竹筒を返すと月江も唇に当てた。

「おなかへったなあ」

月江が袋の中から竹の皮包みを取り出した。包みを開くと、にぎりめしが二つ並んでいた。一つを手に取って、ふく椿に渡した。

「大きおすなあ」

ふく椿は溜息をついた。

月江がほおばるのを見て、ふく椿も一口かじった。

「おいしいやろ」

「へえ」

酸っぱい梅干しを口に含むと、ほっと息が漏れた。

「待つしかあらしまへん。けど、必ず会えるえ」

月江が励ました。

築地塀の奥の森から何やら音が聞こえた。

ふく椿はそちらを向いた。

数頭の鹿の群れが現れた。

二人に気づくとたちまち動きを止め、出て来た森の中に消えてしまった。子鹿が一頭まじっていた。

月江がふく椿を見て微笑した。


一刻ほど過ぎた。

相変わらず門は閉じたままだった。

不意に扉がきしんだ音を立てた。

ふく椿はびくりとしてそちらに目を向けた。

緩やかに扉が開く。

手に大きな竹籠を持った、年取った尼僧が現れた。

二人はとっさに立ち上がり、尼僧の前に駆け寄った。

尼僧が目を見開いて立ち止まった。

ふく椿が話しかけようとしたが声が出てこない。

「急なことで堪忍しとおくれやす」

横から月江がお辞儀をした。あわててふく椿も頭を下げた。

尼僧は二人を代わる代わる見た。

「ふく椿さん、いえ、お春さんがお母さんに会いに来はりました。どうぞ、ちどりさんに会わせてもらえしまへんか」

月江が言った。

「うち、娘のお春どす。お母さん、ちどりと言います。お目にかからせてもらえしまへんか」

ふく椿はようやく声が出た。

尼僧のくぼんだ瞼がまばたいた。ふく椿を見つめたまま一歩後ろに引く。

ふく椿が一歩踏み出すと、尼僧は竹籠を胸に当て棒立ちになった。

「ちょっとここでお待ち下さい。おうかがいを立ててまいります」

慌てたように言って、くるりと向きを変えた。

きしんだ音とともに扉が開いた。

尼僧が入った後も、扉は少し開いたままだった。

「今や」

月江が小さな声を上げた。

ふく椿が扉を押すと、ぎいっと隙間が大きくなった。

身体を滑り込ませた。

月江が続いてきた。

「会わせてもらえるまで梃子《てこ》でも動かへんし」

ふく椿が振り向いて言うと、唇を真一文字に結んで月江がうなずいた。

ふく椿は周りを見回した。

本堂から続く渡り廊下は僧房につながっていた。僧房の右手には、とうに花の散った百日紅《さるすべり》の大樹がそびえ、その裾に秋海棠《しゅうかいどう》が群生していた。

先に入った尼僧の姿も見えず、辺りはひっそりしていた。

(ここに、お母さんが住んではる)

ふく椿は僧房を見上げた。濡れ縁の白障子がまぶしかった。

今にも母の姿が現れそうな気がした。


百日紅の背後から先ほどの尼僧が現れた。竹籠は持っていなかった。

「まあ、あなた方は無断で……」

尼僧ににらまれ、ふく椿は身体がすくんだ。

「すんまへん、扉が開いていたもんどっさかい」

咄嗟に月江が答えてくれた。

「しょうのない人たちですね」

尼僧は溜息をつくと、付いてくるように二人を促した。

「こちらへお出でください。庵主《あんじゅ》様がご面会くださいます」

月江がふく椿の手を握り締めてきた。

「落ち着きよし」

「へえ」

ふく椿の胸は早鐘を打った。

「うちがついてるえ」

月江が耳元に唇を寄せた。

歩き出すと、ふく椿の足がもつれた。

月江に支えられながら歩を進めた。ふく椿はふと、何でお母さんやのうて庵主様なんやろと、嫌な予感に襲われた。

僧房の玄関が目の前に現れた。尼僧に続いて中に入った。

薄暗い式台の奥で、観世音様の木像が蠟燭の炎に揺れていた。

尼僧が式台左横の引き戸を開けると急に明るくなった。

尼僧に続いて引き戸をくぐると、濡れ縁がまっすぐに延びていた。先ほどの百日紅が見えた。

尼僧の背中を追った。尼僧の白足袋が不思議な生き物のように見えた。

部屋を三つほど過ぎたところで、尼僧が濡れ縁を折れると、両側を部屋に挟まれた薄暗い廊下が続いていた。

突き当たりの引き戸の手前で尼僧が止まった。左を向くと膝をつき、襖に手をかけた。

「お入りください」

襖を開けて、尼僧が二人に一礼した。

月江に続いてふく椿も中に入った。

部屋の広さは六畳ほどだった。腰高の障子を通った光がほんのりと部屋全体を明るくしていた。

尼僧が障子を開けると、裏の山を背景にした明るい庭が広がり、小さな池が光っていた。

二人は尼僧に促され、床の間を向いて座った。

掛け軸がかかっていた。

「最澄はんのお言葉や」

と月江がささやいた。

紫檀の花台に鶴首の真っ白な花瓶が置かれ、薄紅の菊の枝が生けてあった。

「しばらく、お待ちください」

尼僧が襖を閉めると、二面の襖に春夏秋冬の風景が浮かび上がった。

入れ替わりに別の尼僧が現れた。今度は若い尼僧だった。

二人に一礼し、掛け軸の前に香炉を置いた。

二

規則正しい足音がだんだん大きくなり、襖の向こう側でぴたりと止まった。

ふく椿は月江に身体を寄せた。

滑るように襖が開いた。

黒い、しわひとつない法衣に、桔梗《ききょう》模様の輪袈裟《わげさ》をかけた尼僧が入ってきた。尼僧は二人の正面に回ると合掌し、衣擦《きぬず》れの音をたてて座った。手にしていた念珠がかすかに鳴った。

「庵主の貴風尼《きふうに》でございます」

月江が合掌した。ふく椿も慌てて続いた。

「御用を承りましょう」

歌うような柔らかな響きだった。

ふく椿は口を開いたが、頭がほてって言葉が出てこなかった。

「突然、お訪ねしてすんまへん」

横から月江の声がした。

「祇園の舞子の月江と申します。こちらは舞子のふく椿、お春さんどす。どうぞ、非礼を堪忍しておくれやす」

月江に合わせてふく椿も頭を下げた。

庵主は表情を変えることなく礼を返した。

「あの、お母さんと会わせておくれやす」

ようやく言葉になった。

「お母さんとおっしゃいますと……」

庵主がふく椿を向いた。

とっさに言葉が続かない。

「実は昨日、鞍馬寺で牛若丸奉納笛合戦がございました。ふく椿さんも出演しはりました。うちも客席で聴かせてもらいました」

月江が穏やかに話し始めた。

「すぐそばに頭巾で顔を覆った尼さんが座っておいでやした。急に風が吹いてきて、頭巾がめくれ上がって、お顔が見えたんどす。あんな驚いたこと、あらしまへんどした。ふく椿さんにそっくりやったんどす。それで、この方はお母さんに違いないって感じたんどす」

「そうでございますか」

庵主がうなずく。

「けど、どうしてここへ？」

「へえ、笛合戦が終わってから、その方の後をつけさせてもろたんどす。すんまへんどした」

月江に倣《なら》って、ふく椿も頭を下げた。

「そしたら、お入りにならはったんが、ここの魔王寺どした。早速ふく椿さんにこの事を話したら、是が非でも訪ねて確かめたい言わはって。それで来させてもらいました」

月江がちらりとふく椿に目を向けた。

「ふく椿さんは長いこと、お母さんを探してはりました。お母さんが急にいいひんようにならはって、行くところがのうて、お茶屋のふく内さんに仕込みさんで入らはったんどす。

そこで働きながら、お母さんが戻って来はるのを待ってはりました。けど、待てど暮らせど、何の消息もありまへんどした。うちも、そのことがわかってましたさかい、いつもふく椿さんのお母さんのことが気にかかってたんどす」

「なるほど」

庵主がうなずいた。

月江がふく椿を向いた。

「お寺の中から聴こえたんどす。あれはお母さんの笛に間違いあらしまへん」

ふく椿は気持ちばかりが先走って、思ったままを口にした。

「あわてたらあかん」

月江が耳元でささやく。

「世の中は広うございます。よく他人の空似と申しますが、見間違えられたのではないですか」

落ち着き払った、なだめるような口調だった。

「この世に、お母さんの声を聞き違える子どもはいやしまへん」

ふく椿の口から大きな声が出た。

「おちつきよし」

月江がふく椿の膝を押さえた。

「ふく椿さんが、お母さんと離れ離れになった経緯《いきさつ》を聞いておくれやす。気がつかはることもあるやもしれまへん」

庵主がうなずいた。

ふく椿は深く息を吸った。

今度は落ち着いて話すことができた。生まれてからずっと母親と一緒に、縄手通り近くの長屋に住んでいたこと。母は笛が上手で鴨川堤で笛を教わったこと。突然母がいなくなったこと。それから祇園で仕込みになって、舞子になったこと。だが、喜兵衛や久仁之助のことには触れなかった。

話し終わると、ふく椿は帯から袋ごと笛を抜き出した。袋から笛を取り出し庵主に差し出す。

「ご覧ください。お母さんが残していかはった笛どす」

庵主は笛を受け取った。

ほっそりした指で笛をなぞり、念入りに大天狗の団扇紋のあたりを見ている。

「見覚えはございませんか」

ふく椿に笛を戻しながら、庵主が首を振る。

ふく椿は笛を胸に押し当てた。

「ほんまのことを言うておくれやす」

ふく椿は庵主ににじり寄った。

「ちゃんと、このお寺と同じご紋が入ってるやありまへんか。お母さんが肌身離さず持ってはったんどす」

「落ち着くんえ」

月江の手が再び膝を押さえてきた。

「たまたま同じ紋が入っていたのではないですか」

冷たい響きだった。

ふく椿は唇を嚙んで、込み上げてくる涙を抑えた。

三人は黙り込んだ。

「これ以上お話しすることはございません」

庵主が沈黙を破った。

「どうぞ、お引き取り下さい」

ふく椿は両手を胸に当て、畳の上に泣き伏した。

「庵主様」

月江が哀願するような声を出した。

「うちらは、紹介もなく初めて訪ねてまいりました。いきなりこんなことをお願いしても、信用していただけへんのは当然でございましょう。お話しするだけでは、真実を伝えられへんこともございますさかい」

顔を上げると、月江が腰を浮かしかけた庵主に取りすがった。

庵主は立ったまま月江を見下ろしている。

「最後に一つだけお願いがございます」

月江が続けた。

「せめて、ふく椿さんの笛を聴いていただけませんでしょうか。きっとわかっていただけると思います」

急に風が吹いて庭の八つ手の葉が音をたてた。

「わかりました。それでお気が済むなら、拝聴いたしましょう」

庵主は再び座り直した。

「必ずわかってもらえるえ」

月江がふく椿に瞳を据えた。

ふく椿は奥歯をかみしめ、掌で涙をぬぐった。目を閉じて呼吸を整える。

お母さん……。

ふく椿は心に念じながら吹き始めた。

赤い椿の簪を挿した幼い女の子の姿を心に浮かべた。

周りには七色の花が咲き乱れ、むせかえる花の香りが満ちはじめる。

明るい川の流れの上で、小鳥がそよ風と戯れながら歌っている。

虹がかかる。

女の子は虹の根元へと向かう。

壮麗な宮の中に透き通った観音像が立っている。

観音様が笛を奏でている。

女の子は、木霊する音楽に包まれる。

さらに近づくと、観音像は母親の姿に変わっている。

やがて母親の姿は消え、女の子が笛を奏でている。

笛の音は空をのびやかに飛びまわり、やがてゆっくりと地面に降りていった。

三

吹き終わり、ふく椿は笛を置いて一礼した。

庵主の頬から涙がこぼれていた。

庵主は床の間を向くとおもむろに手を合わせ、低く念仏を唱え始めた。その声は、夢の狭間《はざま》からわき上がってくるように聞こえた。

庵主が向き直った。

「あなたはたまたま風が吹いて、頭巾がめくれてお顔が現れた、と言われましたね」

月江に向かって訊ねた。

「へえ、その通りどす」

「鞍馬山の霊風やもしれませぬ」

庵主がつぶやいた。

そして、ふく椿を向いた。

「きっと、大天狗様はあなたの笛をお聞きになって、お気に召したのでございましょう。あなた方があの迷い道をたどって、こんな隠れ寺までたどり着かれたのも、大天狗様のお導きに違いございません。私は魔王寺の戒律を守らなければならない立場にございます。しかしながらこの度ばかりは、お許しいただけることでありましょう」

こう言うと、庵主は一つ息をついた。

「これから申し上げることは、魔王寺の秘密にかかわることでございます。お二人とも口外しないと約束できますか」

庵主は交互に二人を見つめた。

「へえ、お約束いたします」

ふく椿も月江も背筋を伸ばした。

「まず、この寺の由緒《ゆいしょ》からお話ししましょう」

庵主が静かに語り出した。

「魔王寺は鞍馬寺の末寺でございます。毘沙門天、観世音菩薩そして魔王大僧正、いわゆる大天狗様をお祀り申し上げております。このお寺があることを知る者はほとんどございません。魔王寺に出入りできるのは、代々寺の要所にかかわってきた家の人たちだけです」

庵主は淡々と続けた。

「このお寺がこのような隠れた場所にあるのには、理由がございます。魔王寺は遠い昔から、大天狗様に伝授された魔王流の笛を奉納する役割を担ってまいりました。代々由緒ある家の娘が尼僧としてお仕えし、俗世とのかかわりを断って笛の修業を積んでまいります。修業を重ねていくうちに、笛の音は次第に鞍馬山を吹く風のように清められていきます。そうして清められた魔王流の笛は、悪鬼悪霊を祓う霊力を宿します。

魔王寺は、その霊力で都を邪鬼から護る役割を果たしてまいりました」

庵主はふく椿を見やり、それから月江を向いた。

「ここまでのこと、おわかりいただけましたか」

ふく椿は月江と同時に頷いた。

急に庵主が目を閉じ、黙り込んだ。

ふく椿の胸は早鐘を打った。

「風明尼《ふうめいに》もその尼僧の一人でございます」

庵主が目を開けた。

「風明尼って……」

「あなたのかつてのお母様でございます」

「かつてのお母様って、どういうことどすか」

「落ち着きよし」

耳に月江の息がかかる。

「すんまへん」

ふく椿は一礼して座り直し、固唾《かたず》を呑んで次の言葉を待った。

「風明尼は幼くしてこの寺に入りました。やがて笛師として才を花開かせ、毎日笛の奉納を続けておりました」

庵主の口調が重苦しくなった。

「ところがどうしたことか、悪霊に取り込まれてしまったのです。近くの寺の僧侶とねんごろになり、人目を盗んで夜な夜な寺を抜け出し、密会を繰り返しておりました。……そして身ごもりました」

ふく椿は悪い夢の中に落ちていくようだった。

「子を宿した風明尼は僧侶とともに鞍馬山から逃げ出しました。すぐに鞍馬寺から追っ手がかかりました。逃げ切れるはずはありません。山にいる間にたちまち見つかり争いになりました。僧侶は激しく抵抗したそうです。追っ手とつかみ合う内に勢い余って、崖から落ちて亡くなりました」

ふく椿は両手で顔を覆った。父のことを母は決して話してくれなかったが、その訳がわかった。

背中をさする月江の手の温もりを感じた。

「すんまへん」

かろうじて声を出し、月江の渡してくれた懐紙で涙を拭った。

庵主は続けた。

「その間に風明尼は逃げ切り、行方知れずになりました。逃げ出した尼僧は必ず連れ戻さなければなりません。魔王寺の笛の霊力に陰りを落とすことになるからです。私どもは、鞍馬寺の貫主様の御助けを得て捜索を始めました。都には鞍馬寺ゆかりの者が昔から住んでおります。しかし、なかなか見つかりませんでした。

十年も経った頃、その者の一人がふと風明尼の笛を耳にしたのです。最初は半信半疑でしたが、探ってみると風明尼に間違いありませんでした。身を持ち崩した様子で料理屋で働いていたのです。すぐに鞍馬山から人が出されて連れ戻されました」

（ああ、そういうことやったんか）

ふく椿は胸に手を当てた。突然母のいなくなった日のことが浮かんだ。泣きながら、長屋や縄手通りを探し回ったのだった。

「風明尼はそのまま寺の離れの一室に幽閉されました」

庵主の声はあの時吹きつけた冷たい北風のようだった。

庵主はふく椿を向いた。

「当初は『お春』とあなたの名を呼び、『死なせてください』と狂ったように泣き叫んだものでございます。けれども、あの部屋にいると死ぬことはできません。身を傷つける紐も刃物もありません」

(お母さんはうちよりもずっと苦しかったんや)

ふく椿はわが身を切られるように感じた。同時に、うちのこと、思ってくれたはったんや、と胸がいっぱいになった。

「半年ほどしてようやく落ち着きを取り戻し、私とも話すようになりました。そして色欲の魔に取り憑かれたことを悔い改め、自分を逃そうとして亡くなった僧の供養に読誦《どくじゅ》を始めました。もちろん、あなたのことも打ち明けてくれましたよ。十《とお》は過ぎていたものの、子を一人残してきたことを悔やみ、深く心を痛めていました。私も身につまされ、どうしたものかと思い悩み、鞍馬寺の貫主様にご相談申し上げました」

ふく椿は耳を澄ませて次の言葉を待った。

「貫主様はこういわれました。『娘と会わせる訳にはいかないが、娘が無事か、どんな暮らしをしているかはやはり気がかりだろう。出入りの小間物屋に調べさせよう』。それから時々、お春さんの様子がこちらへ届くようになりました。その都度、風明尼に伝えると、『お春が無事でいるなら、それだけで嬉しゅうございます。一緒に暮らせないのは定めでございましょう。わたくしはお勤めに精進するのみでございます』。そう言って、ひたすら誦経《ずきよう》に励むようになりました。やがてお春さんが舞子になり、お世話してくださる旦那さんができたという知らせが届きました」

ふく椿は真っ赤になった。

「風明尼は『安心いたしました。これより先、あの子はあの子なりに自分の道を進むことでございましょう。わたくしも以前と同様に俗世との縁を断ち、笛の修業を積んでまいりたいと思います。都の平安と、世の人々の仕合せをお祈りさせてくださいませ』。そう申しました」

月江がふく椿の手を汗ばんだ手で握り締めてきた。

「こうして再び、風明尼は、他の尼僧らとともにお勤めを果たすようになりました。風明尼の笛は今や俗世間の煩悩を乗り越えて、さらに清らかで深いものとなりました」

ふく椿は唇を噛んだ。止まっていた涙が再び込み上げてきた。

庵主は続けた。

「ひと月ほど前のことでした。貫主様とお会いしたところ、『だいぶ前から話はあったんやが、今度正式に、鞍馬寺で牛若丸奉納笛合戦というのが催されることになった。祇園のきれいどころがやって来る。風明尼の娘も出るようじゃ。これも大天狗様の思《おぼ》し召《め》しやもしれぬ。その晴れ姿を、一目なりとも見せてやってはいかがかな』とおっしゃいました。それで風明尼を、聴きにやらせたのです。帰ってきて風明尼はこう申しました。瑞々《みずみず》しい力にあふれた、伸びやかな笛でした。懸命に生きている姿が見えました、とね」

(お母さんに聴いてもろたんや)

嬉しさと恥ずかしさが一挙に込み上げた。

ふく椿は座り直した。

「庵主様、お母さんに会わせておくれやす」

「おたの申します」

月江も頭を下げる。

「今申し上げたように、風明尼は俗世と縁を切り、大天狗様に仕えている身でございます。お会いしたとて詮《せん》ないことですよ」

「わかっています。けど、ほんの一目だけでも、どうか……」

庵主が瞑目《めいもく》した。ロの中でゆっくりと経を唱え始めた。

「今度限りですよ。それでよろしいですか」

庵主が目を開いて言った。

「御修業の邪魔は決してしていしまへん。一度だけ会《お》うてお母さんのお姿を心に留めとおす」

庵主が立ち上がり、部屋を出ていった。

風にざわめく葉擦れの音が聞こえた。ふく椿は大天狗の団扇が揺れるのを感じた。

「風明尼をここへ」

廊下から庵主の声がした。

ふく椿の全身から力が抜けた。

「しっかりしよし」

月江に揺すられる。

「きれいにせんと」

言いながら、月江が髪を撫でつけてくれた。

四

ふく椿は襖を見つめた。奥庭から光を受けて襖絵の桜が浮き上がっている。夢の中にいるようだった。

「失礼いたします」

（お母さんの声や）

ふく椿は胸が高鳴った。

「お入り」

庵主が答えた。

襖が音もなく開いていく。

墨染の袖の袂《たもと》が現れた。ふく椿は息を呑んで見守った。

さらに開くと、母が座っていた。

剃髪《ていはつ》し黒髪は消えていた。顔色が以前より白くなり、頬はこけ、目じりのしわが増えていた。

お辞儀をし、立ち上がって部屋に入ってくると、背中を向け、ひざまずいて襖を閉めた。

再び向き直ると両手をついて頭を下げた。

（気高い様子にならはった）

ふく椿は思った。

「こちらへ」

庵主が自分の横を指さした。

母は合掌しながらふく椿の前を通りすぎ、衣擦れの音をたてて庵主の横に座った。

「風明尼です」

庵主が紹介すると、ちどりは二人の方へ身体をまわした。

月江が頭を下げた。少し遅れてふく椿も従った。

「お母さん」

呼びかけたが返事はなく、母の眼差しはふく椿の上を滑り、合掌して頭を下げただけだった。

月江がぎゅっとふく椿の腕を握った。

ふく椿は肩を落とした。「あなたのかつてのお母様でございます」と言った庵主の声が脳裏をよぎった。

（もしかしてお母さんは目が悪うなって、うちが見えへんのやないやろか）

ふと思いつき、
顔を前に突き出した。

「お春どす」

「よう見ておくれやす」

さらに声を上げたが、母はやはり身動ぎもしなかった。

（うちのこと忘れはったんやろか）
悲しみが湧いた。
膝に置かれていた母の右手がふいに動いた。
静かに帯の方へ上がっていく。
（ああ）
それは懐かしい仕草だった。

袋から取り出した笛を手にして、母は庵主に一礼した。
笛が緩やかに鳴りだした。
（お春）
笛が呼びかけてくる。
（お母さん）
手にしていた笛を唇に当て、ふく椿も応じる。
（ようはるばる訪ねて来てくれたなあ）
（修業の邪魔をしてごめんなさい。けど、会いたかったんどす）
（私も、いつもあなたのことを考えていましたよ）
（笛を吹いていると、お母さんといるみたいどした）

二つの響きが絡み合う。
(寂しかった。毎晩泣いてたんどっせ)
(ごめんなさいね。突然いなくなって)
(小さい頃、よう鴨川見ながら、お母さんの笛を聴きました)
(あの頃は、お春と一緒の幸せな日々でした)
(一人で笛を吹いていると、遠くからお母さんの笛が応えてくれはる気がしました)
(ほんまに、上手になりましたねえ)
「……奉納の刻です」
庵主の声がした。
(お春と会えてうれしかった。けど、祇園にお帰り)
(いやどす)
(これからもお前の幸せを祈って笛を吹いてあげましょう)
(もうお母さんと離れとうない)
ふく椿は笛で叫んだが、心中の母は背中を見せ遠ざかっていった。
やがて消え入るように母の笛がやんだ。
笛をしまうと、風明尼はふく椿と月江を向いて合掌した。続いて庵主にも掌を合わせると、立ち上がって襖の前に進み、膝を落として襖を開き、そのまま部屋の外に姿を消した。

閉まった襖をふく椿は呆然と見つめた。

「今日は特別に、風明尼とお引き合わせいたしました」

庵主の声で我に返った。

「長年の願いがかないました。ありがとうございました」

ふく椿は気を取り直して頭を下げた。ひと息つくと顔を上げ、

「また会いにきてよろしいですか」

庵主に問うと、庵主は首を横に振った。

「風明尼は俗世と縁を切った身です。今度限り、一度きりだと申したはずですよ」

「けど、会いとおす。もっと一緒に居とおす」

言いつのったが、庵主は口を結び、数珠《じゅず》に目を落としただけだった。

「庵主様、お願いでございます」

ふく椿の横で月江も頭を下げた。

「どうぞ、またお母さんに会わせてあげておくれやす。気持ちを察しとくれやす」

だが庵主は頭を上げず、手にした数珠の玉を爪繰《つまぐ》るばかりだった。

「お母さんと会えるよう、何か手立てはございませんやろか？　お知恵を授けておく

れやす」

月江が言った。

数珠のふれ合う音がふいに止まった。

庵主が一つ息をつき、頭を上げて二人を向いた。

「一つだけ手立てがあります」

「教えとおくれやす」

月江が隣で口を開く。

「このままこの寺に残ることです」

庵主が答えた。

「えっ」

ふく椿が言葉につまると、庵主が諭すように続けた。

「この寺に残れば、あなたは二度と世間に戻ることはできません。あなたはこれまで祇園で立派に生きてこられた。親しい方もたくさんいらっしゃるでしょう。その方々と、お別れできますか」

「ずっと、このお寺から外に出られへんということどすか」

月江が訊ねた。

「俗世とは縁を絶たねばなりません」

「手紙もあかんのどすか」

月江が念押しした。

ふく椿は目を閉じ、胸に手を当てた。

「厳しいことです。すぐには決められないでしょう。しばらく二人にしてさし上げます。よく相談なさっては……」

庵主の声が遠い山彦のように響いた。

五

ふく椿は目を閉じた。

(お母さんのところに残ろか、祇園町に戻ろか)

動悸が激しくなった。息が苦しくなり胸を押さえた。次第に気が遠くなってきた。

何処《どこ》からか笛の音が聞こえてくる。

「お母様のお勤めが始まったんや」

耳元で月江がささやいた。

ふく椿は月江に身を寄せ、その胸元に顔をうずめた。

「月江ねえさん……七夕様の夜、楽しおした」

月江の腕を背中に感じた。

「ほんま、にぎやかな夜やったなあ」

「うちは旦那さんの横に座らせてもろてました」

「かいらしいお姫様みたいやったえ」

「うちの笛に合わせて、ねえさんが舞《も》うてくれはりました」

「下手な舞で、何や気恥ずかしかったわ」

「けど、旦那様は月江ねえさんの舞、いつもお褒めどしたえ」

「そうやったんか、うれしいなあ」

「月江ねえさんが帰らはってから、旦那さんと星を見に行ったんどす。お茶屋さんの提灯がまぶしゅう並んでて、おねえさん方が行きかってはりました。賑やかな末吉町を通り抜けて、大和橋まで行きましたんや。ほんで暗い橋の上から一緒に空を見上げたんどす」

「そうやったん」

「旦那様が天の川を指さして言わはんのどす。『むかし、むかし、娘がおった。あんまりきれいで眩しいさかい、天に昇って天の川になったということや。佐津も天の川になってしもたんや』。そんなん嫌やん、とうちが言うた途端、旦那さんがうちを抱きしめはって……」

胸に熱いものがこみあげた。

母の笛が流れ続ける。

月江がふく椿の身体を起こした。

「久仁之助さんもよう椿の木の下に来てくれはったなあ」

肩に手を置いたまま、ふく椿の顔をのぞき込んで言う。

久仁之助と遊んだ時の光景が走馬灯のようによみがえった。

「たいてい、月江ねえさんも一緒どした。うちの笛に合わせて二人で舞うてくれはった。見事な若衆姿にみとれたもんどす」

「ほんまになあ」

「たまにどしたけど、隠れて久仁之助さんとお団子食べにも行きましたんえ」

「それは知らんかった」

ふく椿は月江の身体から身を離した。

「うちは長いこと、眩《まぶ》しい夢を見させてもろてたんかも知れまへん」

背筋をのばして月江を見る。

「月江ねえさんは、どんな時もうちにようしてくれはりました。仕込みで逃げ出した時も止めてくれはりました。ずっと支えていただきました」

「……」

「月江ねえさん、おおきに、長い間ありがとうございました」

ふく椿は襟を直し、深々と頭を下げた。

「あんた、ここに残るにゃなあ」

月江がつぶやいた。

顔を上げると月江の手を取って、頬に押し当てた。

笛の音がやんだ。


「何か言うとくことあらへんの。誰なと」

あらたまった口調で月江が訊ねた。

「急なことやし、たんとありすぎて……」

ふく椿は溜息をついた。

「まず、女将さんにどう言おか」

ふく椿は菊華の姿を思い浮かべた。

「どないしよう。ものすごう怒らはりますやろねえ」

「そうやなあ、ほんまのこと話すわけにはいかへんし」

「すんまへん……一人前の舞子さんにしてもろて……おおきに……わがままを言いますけど許しとおくれやす。……うちは仏様にお仕えすることに決めました。……ご恩は一生忘れしまへんて……」

　切れ切れに言いながら、ふく椿は目の前に女将がいるかのように頭を下げた。

「わかった。うちが代わりに叱られたげるわ」

「すんまへん、かんにんどす」

「喜兵衛旦那さんには何てお伝えしようえ」

　名前を聞くと、胸が締め付けられるように痛んだ。

「実の娘のように可愛がってもうて……おおきに、ありがとうございました。……旦那さんのおかげさんで笛の稽古もさせてもらいました。わがままもぎょうさん聞いてもらいました。……うちの身勝手を許しておくれやす。尼になって笛の道に進ませていただきます。何のご恩返しもできしまへんけど、旦那さんのお幸せを願って笛を吹かせていただきます……」

　込み上げてくる涙を袖で拭った。

「うちは悪い子になってしもた」

　月江が首を横に振った。

「そんなことあらへん。ご縁がなかったんやて」

　間をおくように胸元に手を入れて、月江が懐紙を取り出した。ふく椿に手渡しながら言う。

「久仁之助さんには……」

ふく椿はうつむいた。首まで真っ赤になるのがわかった。

「何て言うたらええの」

目を閉じ、溜息をついた。

「国富屋さんの……立派な後継ぎになっておくれやす。……うちは尼さんになって笛の道を進みます。久仁之助さんの幸せのために吹かせていただきます……」

ようやくそれだけ口に出た。

「どんなにつらかったか、わかっておくれやす……」

小さな声で付け加えた。

「それはどういうことなん」

「久仁之助さんにはわかりまっさかい」

ふく椿は顔を上げた。

「久仁之助さん、おおきに。お互いに自分の道を歩みまひょ」

思い直してそれだけ言うと、一礼した。

「そんなんでええのん」

「そしたら、おねえさん方に迷惑かけやらへんように。阿呆ばっかりせんと、親孝行しゃはるようにて。まじめにやっておくれやす。あっ、お腹に気をつけてって……」

「お伝えするわ」

「それともう一つ」

「何え」

「今度生まれ変わった時は、お嫁さんにしてくださいって……」

言いながら、耳まで熱くなるのを感じた。

「ちゃんと伝えたげる」

月江がふく椿の手を握った。

見るともなく庭に目をやると、日が陰り、風が陰気な音を立てていた。枯葉がはらはらと池に落ちて、水面を赤や黄色に覆っていく。

「そうそう、幽雪師匠さんにお詫びなと、お礼なとお伝えせんと」

月江が思い出したように手をほどいた。

「幽雪流の笛を勉強させていただきました。おかげさまで笛の深さを学ぶことができました。おおきに。ご活躍をお祈りさせていただきます」

月江と目が合った。

「お酒は控えめにしておくれやす、と」

「わかった」

月江が答えた。

「お話は終わりましたか」

襖の向こう側から庵主の声がした。

「へえ」

月江が答えると、襖が静かに開いた。

庵主が二人の正面に進んで着座した。

ふく椿は庵主の目をまっすぐに見た。大きく息を吸い込んでひと息に言った。

「お母さんと一緒に笛の修業をさせておくれやす」

庵主は合掌して一礼すると、

「ここへお出でなさいませ」

と、膝元を示した。

ふく椿が近寄ると、庵主はふく椿と目を合わせ、穏やかに切り出した。

「魔王寺に残るということは出家して尼僧になるということです」

「はい」

「世俗にかかわる一切を捨てて、仏さまの世界に生きるということです。今後あなたには笛の修業しかありません。それを承知の上の決心ですね」

「はい」

庵主がゆっくりと月江に身体を向けた。

「ふく椿、いえお春さんは、今日をもって出家されることになりました」

静かだが、きっぱりとした口調だった。

「おおきに、特別のお計らい、ありがとうございます。お春さんをよろしゅうおたの申します」

月江が両手をついてお辞儀をした。

「お春さんをよくぞ、ここまで導いてきてくださいました。私の方こそお礼を申し上げます」

庵主が月江に合掌した。

「おおきに、おたの申します」

月江も合掌を返すと、

「もう遅うなりますので、失礼させていただきます」

と続けた。

(月江ねえさん、行ってしまわはるんや)

一人ぼっちになることが、急に現実味を帯びた。

「お気をつけてお帰りください」

庵主の声が遠く聞こえた。

「しばらくは寂しいやろけど、庵主様の言わはることをよう聞いて……身体に気いつけてな。……名残はつきひんけど……うち、もう行くわ」

庵主の姿はいつの間にか消え、月江の声が途切れ途切れに聞こえていた。

「ほなね」

ふく椿が月江を向くと、顔を伏せたまま月江が隣で立ち上がった。気持ちが追いつかないまま、ふく椿も立ち上がり、歩き出す月江の背中をぼんやりと追った。

式台に立ち、草履に足を入れた。僧房を出ると、日が斜めに差していた。

月江は何も言わず、ふく椿も声が出せなかった。月江の後を追って、ただ石畳の上を歩いた。赤い着物の背中がおぼろに見えた。

通用門の手前で月江が歩みを止めた。ふく椿を振り向いた。月江の頬が涙でびっしょり濡れていた。

「月江ねえさん……」

それしか言葉にならなかった。

涙を浮かべたまま、月江が微笑んだ。

「気張りよしや」

差し出された手を力なく握った。

月江が背中を向け、門の方へ踏み出した。

扉がぎぃーっと軋《きし》む音を立てた。

「……さいなら」

閉じた扉の外から月江の声がした。

「お春ちゃん……今までおおきに……さいなら」

嗚咽をこらえるように途切れ途切れに言う月江の声が聞こえた。

その声がしだいに遠ざかっていく。

「さいなら……」

ようやく声になったが、月江の耳にはもう届かないだろう。

急に胸がつまり、涙がこみ上げた。

ふく椿はしゃがみこんで、大声をあげて泣いた。

終章　後継ぎ

一

月江は小走りに山道に入った。薄闇が広がり、木の根や石に足を取られそうになった。枯葉を踏む足音、梢のざわめきばかりが響いた。周りを包む樹林が不気味な声で呼びかけてくるようだった。

鞍馬寺の境内を足早に通り抜け、九十九折《つづらお》りの参道を駆け下りた。鞍馬街道に入ると、目の前を、五、六人の鯖《さば》を背負った運び人たちが歩いていた。

（この人らについて行ったら安心やわ）

月江は鯖の生臭い匂いを感じながら後に従った。

次第に闇が濃くなってきて、どこかのお寺から暮れ六つ（午後六時頃）を知らせる鐘の音が聞こえた。二軒茶屋を抜け、幡枝《はたえだ》の坂を下りた。

下鴨神社の手前を右に折れ、賀茂川の板橋を渡ると鞍馬口だった。運び人は寺町通りに入った。月江も同じ方角だった。

三条通りに行き着いた。運び人たちは慌ただしく突っ切って行ったが、そこで月江は足を止めた。

左に曲がれば三条大橋から祇園へ、右に入って行けば御幸町通りと交差する。

(お母さん、心配したはるやろな)

ちらりと思ったが、足は御幸町の方へ向いた。


療治所の格子戸から光が漏れていた。

「こんばんは」

すぐに「はい」という八重の声がした。落としを上げる音がして、がらがらと引き戸が開いた。薬草の匂いとともに八重が現れた。

「すんまへん、こんな遅うに」

「先生やったら書院にいはります」

八重は驚いたように目を開いて月江を見ながら言った。

内玄関を上がって廊下を進み、書院の障子の前に膝をついた。汗をぬぐいながら呼吸を整えた。

「こんばんは。遅うなってすんまへん」

行燈に照らされた源斎の影に向かって呼びかけた。

「おう、心配しておった。入りなさい」

障子を開けると、源斎は文机に向かって本を開いていた。中に入り、源斎の横に正座した。手をついて頭を下げた。

「今、鞍馬から降りて来たとこどす」

源斎は本を閉じ、月江を向いた。

「実は……ふく椿さんが尼さんにならはることになって……」

「えっ、藪から棒になんだ。どこのお寺だ」

「鞍馬の魔王寺どす……」

「うーむ」

源斎は腕組みして目を閉じた。

「いったい、出家の理由とは何かね」

目を開けると訊ねた。

月江は下を向いた。

「話せないことでもあるのか」

「……」

「そうか、あの子には何か深い事情があると思っていたが……」

源斎が溜息をついた。

「ところで、出家の事は久仁之助には伝えたのか」

「いえ、まだどす。どう話したらええのかわからしまへん。まず、先生にご報告してから、と思いまして……」

「時期が悪かったなあ」

月江は声もなくうなずいた。

「松志摩さんは紀市さんに久仁之助を差し上げると言ったそうだ。これで、うまくいったと安心していた。だが、ふく椿が出家したとなると……」

源斎が煙管に煙草を詰めた。

「久仁之助は自棄《やけ》になるやもしれんな」

火打石の音がした。煙草の煙がゆらゆら舞い上がった。煙を目で追いながら源斎は続けた。

「紀市さんも望みが湧いたところだった。松志摩さんから人の情けの有難さを学んだはずだ。とは言え、人が変わったわけではない。相も変わらず、後継ぎのことしか見えていない。それがまた思惑通りにいかなくなったとなると……」

消沈していた頃の紀市の姿が浮かんだ。

「治療というのはすんなりとはいかぬものだな」

源斎が独り言のようにつぶやいた。

「事ここに至ると、すべては久仁之助にかかっておる。悲観して、国富屋に行かないとでも言い出したらことだ。それどころか、家出でもしかねない」

月江をのぞきこんだ。

「久仁之助がやる気をなくさないように、うまく次第を伝えてくれないかな」

「難儀どすなあ……」

思わずつぶやいていた。

「確かにそうだ。だが、ここはお前にやってもらうしかない。わしの思うところでは、話の持って行き方ひとつだ」

源斎は煙草を吸い込み、ゆっくり煙を吐いた。

「出家に当たって、久仁之助に何か言伝《ことづて》がなかったか」

「ありました」

「差し支えなかったら話してくれないか」

「どんなにつらかったか、わかっておくれやす。国富屋さんの立派な後継ぎになっておくれやす。うちは尼さんになって笛の道を進みます。久仁之助さんの幸せのために吹かせていただきます、と」

「うーむ、たったそれだけか」

「へえ」

「それだけじゃあ、久仁之助は納得しないだろう。なぜ出家したのか、理由を聞いてくるはずだ」

月江はくねくねと広がっていく煙を目で追った。薄らいだところで、源斎の方へ顔を向けた。

「どうお話ししたらよろしおすやろ」

「細かいことは話せないのだな」

月江はうなずいた。

「そうか。ならば久仁之助が納得できる理由を考えねばならぬ」

源斎の言葉を待った。

「月江からみて、久仁之助はどんな男なんだ」

「優しゅうて気の弱いお人やと思います。お母さんっ子で、甘えんぼどす。祇園のおねえさん方に可愛がられてます」

「なるほど。で、ふく椿はお母さんと会いたがっていたのだろう」

「それはもう……」

「よし。ふく椿がどれほど、お母さんのことを恋しがり、悩み、寂しがっていたか。そこを押すのだ。さすれば、お母さんと会えずに、世をはかなんで出家して、笛の道へ進んだという言い訳を納得するだろう」

「へえ」

「お前が久仁之助に同情していることはよくわかる」

源斎がうなずいた。

「だがここでは同情は禁物だ。流されたら判断を誤ってしまう」

「うちにできますやろか」

「もう一人の己が、上の方から、お前と久仁之助が話しているところを見ている、と考えなさい。そうすれば流されないで済む」

月江は思わず溜息が出た。

「これまでのことを思い出して、ありのままを伝えたらよろしい」

火鉢の鉄瓶が沸騰してしゅうしゅう音を立てている。

「どういうことどすか」

「うむ、久仁之助は片親とはいえ、母親の情を一身に浴びて育っておる。大地に根を下ろした若木はすくすくとたくましく育つものだ。さすれば、ふく椿の生き方を見て感ずるところもあっただろう。特別言わなくとも後継ぎの道を選ぶはずだ」

源斎が力強く言った。

「頼んだぞ」

月江は座りなおした。やってみるしかなさそうだった。

「へえ、承知しました」

「案ずるより産むが易し」

源斎が立ち上がった。

後ろ姿を見送っていると、源斎は襖を開けながら振り向いた。

「ふく椿の久仁之助への思いは、やんわりと伝える方がよかろう」

「なんでどすか」

「久仁之助も男だ。そのあたりのことはよくわかっているはずだ」

次を問いかける前に襖が閉まった。

遠くで子《ね》の刻（午前零時頃）を知らせる鐘が鳴った。

二

家に帰るにはあまりにも遅すぎた。月江は八重に頼んで療治所に泊めてもらった。

床に就いたが、まんじりともできなかった。

朝起きるとすぐ、源斎に挨拶もせず療治所を飛び出した。

三条通りは小雨に煙っていた。低い雲が垂れ込め、とっくに夜は明けているはずなのに薄暗かった。江戸の方角へ旅立つ人々が元気のいい足取りで歩いていた。旅人らに交じって三条大橋へ向かった。

縄手通りに入って、白川を渡ると末吉町だった。ずらりと並んだお茶屋の提灯は消え、ひっそりとしていた。

よし屋の前に着くと内玄関の引き戸を引いた。心張り棒は当てられていなかった。廊下は行燈がともったままだった。

「お母さん」

月江は呼んだ。

すぐに喜久江が現れた。ほつれた髪が額にふりかかり、目が真っ赤になっていた。

「ごめんなさい」

月江は頭を下げた。

「心配してたんえ」

「すんまへん。源斎先生のとこに泊めてもろたんどす。鞍馬から降りてくるのが遅うなってしもたさかい」

「何かあったんか」

「へえ、ふく椿ちゃんが出家してしもたんどす」

「えっ」

喜久江の顔色が変わった。

「それで源斎先生にお知らせして、相談しているうちに遅うなってしもたんどす」

「そら大変やがな」

「そやったんかいな、ご苦労さんやったな」

「今からふく内の女将さんとこに行ってきます」

「そやな、早よ行きよし。大変やろけど、気いつけてな」

喜久江が励ますように見つめてきた。

「おおきに」

よし屋の玄関を出ると、すぐ向かいのふく内の前に立った。

「ごめんやす」

内玄関の引き戸に手をかけた。

「どこ行ってたんや」

大声とともに女将の菊華が飛び出してきた。月江は後ずさりした。

「夕べは一睡もでけんかったんえ」

女将は足袋のまま土間に立って睨《にら》みつけてきた。

「すんまへん」

かろうじて返事をした。

「ふく椿はどないしたんや」

女将は素早く月江の周りを見回した。

「出家しはったんどす」

「えっ」

両手を上にあげたかと思うと、女将はしりもちをついた。

月江は後ろに回って脇の下に手を入れ、身体を引き起こそうとした。だが重くて持ち上がらなかった。

「大丈夫どすか」

「何で尼さんに……」

ようやく自分の力で立ち上がりながら、女将がうめくように言った。

「ふく椿さんから女将さんに、すんまへん、ご恩は一生忘れしまへんと伝えてほしいと言われていたんですが……。ふく椿さんはずっと悩んではったんどす」

「いったい、どういうことや」

女将が腰をさすりながら顔を上げた。

月江はすぐに言葉が出てこなかった。

「まあ、こっちへおいない」

女将に言われるままに上がり框を上がって、廊下を奥に進んだ。

部屋に入ると、女将は月江の座《ざ》を指さし、箱火鉢の前に座った。

「ほんまのこと話してんか」

月江の方へ顔を突き出してきた。

「生き別れたお母さんのことどす……ずっと待ってはったけど、何の音沙汰もありまへんどしたやろ。それで、悲観してはったんどす」

月江は口ごもりながら、さんざん考えた言い訳を口に出した。

「そら、わかってたがな」

女将がうなずいた。

「けど、そこまでせんでも……そればかりやないやろ」

「へえ」

「何やて言うんや」

「板挟みどす……喜兵衛旦那さんに、実の娘さんのように可愛がってもろて……いつも感謝してはりました……けど……ある人が横恋慕してきはったんどす」

「ある人って誰え。あんた知ってんのやろ」

女将がにらんできた。

「……」

「言うとおみ」

声が大きくなった。

「……久仁之助さんどす」

しぶしぶ答えた。声がかすれていた。

「ああ、久仁之助、あの与太かいな……」

女将は舌打ちをした。箱火鉢の上にある茶碗へ手を伸ばし、口に持っていった。

「純やさかい、あの女たらしにだまされたんや。何でうちに打ち明けてくれへんかったんやろ」

茶碗の中を見た。空だったのか音を立てて箱火鉢の上に置いた。

「へえ、ふく椿さん苦しんではったんどす」

「悩みが重なって、身の置き所がのうなってしもて尼寺に入ったというんかいな……これまでの恩も考えんと、軽はずみなことをしてくれたもんや……」

上を見上げ、誰に向かって言うともなくつぶやいた。

「あんたも悪いわ。何で早《はよ》う、うちに話してくれへんかったんえ」

途方に暮れたような眼差しだった。

「すんまへん」

「いつもは、そんなそぶりは見せへんかったんやけどなあ」

女将が溜息をついた。

「お寺に乗り込んで、連れ戻せへんかいな」

そう言うなり、半分腰を上げた。

「とても無理どす。鞍馬の山奥どす。入れしまへん。これは神様、仏様の思し召しやあらしまへんか」

女将は再び座り込み、ちらりと神棚の方を見上げた。

「そうか……」

口を開けて小さくうなずいた。

「確かに、あれは不思議な子やった。ひょっこりやって来たもんなあ」

女将が額に片手を当てて目を閉じた。

「けど、えらいことをしてくれたもんや。喜兵衛旦那さんに何て言うたらええんや。さぞ、がっかりしゃはるやろうなあ……合わせる顔ないわ」

首を横に振ってうなだれた。

隣の部屋からはたきをかける音が響いてきた。

「そやけど、すぐお知らせに行かんとあかん」

女将が急に立ち上がった。

「こんな早《はよ》うにどすか」

「悪いことは逃げたらあかん。どんどんこじれるさかいに」

「へえ」

「ついてきておくれ。あんたから話してや。うちは口下手やさかい、よう話せんわ。けど絶対に久仁之助のこと、言うたらあかんえ」

「わかりました」


転がるように歩く女将の後ろにくっついて室町の大確屋《だいとみや》へ向かった。時々走らないと遅れそうになった。

店の暖簾をくぐると、土間には既にお客が数人いた。

ふく内の女将の顔を見るなり、大番頭が駆け寄って来た。

「おはようございます」

女将が挨拶した。

大番頭は会釈を返すと、心得顔で奥の方を指さした。

「どうぞ」

大番頭に手引きされ、二人は店の間を抜けて中暖簾をくぐった。

玄関庭を横切って内玄関に入ると、式台の先が小部屋になっていた。

そこで待つように言われ、月江は女将と並んで部屋の入り口近くに座った。

間もなく、庭の方から下駄の音が近づいてきた。

女将が姿勢を正し、内玄関の方に身体を向けた。

「どうしたんや。何ぞ急な用か」

戸がきしんで開くと、大福帳を持った喜兵衛が姿を現した。

「へえ、言いにくいことどすけど……」

女将が口ごもった。

「はっきり言え」

喜兵衛が早口で言った。

「ふく椿ちゃん……尼さんになる言うて……寺に入ってしもたんどす」

女将が小さな声で答えた。

「えっ」

顔色が変わると同時に、喜兵衛の手から大福帳が落ちた。

「しっかりしとうくりゃす」

女将が足袋のまま土間に飛び降りた。立ちすくんだ喜兵衛の背中をさする。

月江もあわてて土間に降り、草履をつっかけて大福帳を拾った。

「そんな阿呆な……」

喜兵衛が低くうなった。

「落ちついておくれやす」

女将が月江に目くばせした。二人で両側から腕を支えて、喜兵衛を部屋に上がらせた。

「一体どういうことや」

部屋の真ん中に崩れるように座り込むと、喜兵衛は女将を見据えた。

女将が月江を向いた。

「どうぞ、この子の話を聞いておくれやす」

月江は喜兵衛に向かって一礼し、気持ちを静めてから話し始めた。

「ふく椿さんはお母さんと生き別れになってから、ずっと便りを待ってはりました。けど、待てど暮らせど何もありまへんどした。この頃はすっかり気落ちしてはりました……」

「そのことはわかっとった」

喜兵衛が力のない声で言った。

「旦那様から可愛がっていただいて、感謝してはりました。けど、お母さんのこと、忘れられんした、いつも悩んではりました。笛合戦が無事終わってから、そのまま鞍馬の尼寺に入ってしまわはったんどす」

「うーむ、そうか……まさかそこまでとは思わんかった。実の親はまた格別やからなあ。世をはかなんで出家したというわけか」

天井を見上げ、喜兵衛がつぶやいた。

「思いやりのある子やった、わしを心配させへんように黙っとったんやなあ」

「あの子はほんまに寂しかったんどす」

女将がしみじみとした口調で言葉を添えた。

「もっと、かまってやったらよかったなあ。わしが悪かった」

喜兵衛が溜息をついた。

「ああ、佐津みたいにいってしもたんか。会《お》うた時から、そんな気がしとった……実は笛合戦の後、養女にしようかと、息子に相談したところやった……わしはよくよく女の子に恵まれぬ男や……」

言葉が途切れた。

女将が手拭いを顔に当て、すすり泣きを始めた。

月江も涙がこみあげてきた。

「けど、ふく椿は生きてますえ」

女将が手拭いをはずした。

「言付けがあったんやろ」

月江を向いた。

「へえ」

まばたきして涙を抑え、息を一つついて月江はふく椿の思いを話し始めた。

「申し訳ございません。出家させていただきます。旦那様には実の娘みたいに可愛がっていただきました。ご恩は一生忘れまへん。これからも旦那様のお幸せを願って笛を吹かせていただきます……」

「ああ、優しい子やった……」

しみじみとした口調で喜兵衛がつぶやいた。

「お気持ちようわかります」

女将が相槌を打った。

「あの子と会うまでは、佐津のことが忘れられんと、いつ首をくるかばかり考えとった。けど笛を聴いてたら、力が湧いてきたんや。あれはわしの命の恩人やった」

喜兵衛は目を閉じた。

「わしはこれからどうしたらええんや」

「旦那さんの幸せを願って笛を吹くというやありまへんか。あの子を悲しませたらあきまへん」

女将が言った。

不意に、内玄関の戸が音を立てて開いた。

「すみません。旦那様、先ほどからお客様がお待ちです」

大番頭がおずおずと声をかけてきた。

喜兵衛は一つ溜息をついた。

「すぐ行く」

大番頭の姿が見えなくなると、喜兵衛はゆっくり立ち上がった。

「また、折を見てお茶屋に出向くさかい」

下駄を履きながらちらりと女将を振り返った。

「いつでもおこしやしておくれやす」

女将が喜兵衛の背中に向かって頭を下げた。

下駄の音が聞こえなくなると女将に促され、月江は草履をつっかけた。

女将と二人、店の間を通り過ぎたが、喜兵衛の姿はなかった。

店前の暖簾の横に大番頭が立っていた。二人を見ると愛想笑いを浮かべ、両手を膝まで下ろして頭を下げた。


小雨は止んでいたが、雲は相変わらず低く垂れこめていた。

「さあ、今度は笛のお師匠さんとこに行かんと。無理言うてお稽古頼み込んだんや。次第をお伝えせんと。ほんまに迷惑かける子やわ」

女将が急ぎ足で歩き出した。

幽雪の家の前に立つと、笛の音が聞こえてきた。

「女将さん」

月江は思い切って声をかけた。

「何え」

女将がこちらを向いた。

「実はお願いがあるんどす」

「言うとおみ」

「お師匠さんにも、ふく椿ちゃんから言付けを頼まれてきたんどす……」

おそるおそる切り出した。

「言付けちゅうのはな、預かった者が直接お伝えするもんや」

女将が眉尻を吊り上げた。

「へえ……けど、久仁之助さんとこ行かんとあかんのどす」

「あんなもん放っといたらええがな」

女将の声が甲高くなった。

「ふく椿ちゃんが帰って来やはらへんさかい、気揉んだはるはずどす」

「せやから何や」

「うちも気が重おますけど、悪いことは早《は》よお伝えせんとあかんのとちゃいますやろか」

「どうしょうもない奴《やっ》ちゃな」

女将が溜息をついた。

「ほな、好きにしたらええがな。ほんまに、とことん世話を焼かせる奴やなあ」

そう言うなりそっぽを向いた。

「言付けて何や」

「幽雪流の笛を勉強させていただきました。おかげさまで、笛の深さを学ぶことができました。有難うございました、と。ご活躍をお祈りさせていただきます。それと、お酒は控えめにしてください、ちゅうことどした」

「わかった、まかしとき。早よ行きよし」

女将が通りを指さした。

「おおきに」


松志摩の家の前に近づくと、玄関先に大八車が止まっていた。国富屋の印半纏《しるしばんてん》を着た男たちが荷物を玄関から運び出し、積み込んでいた。

縞《しま》の小袖に襷がけをした若者が交じっていた。

月江に気付くなり駆け寄ってきた。久仁之助だった。

(落ち着くんや)

月江は自分に言い聞かせた。

久仁之助の顔は今にも泣き出しそうにゆがんでいた。

「月江ちゃん心配したで……なんかあったんか。昨夜はずっと、ふく内の前で待ってたんや、けど、月江ちゃんも帰って来いひんし……」

「そのことで、話があんねん」

月江が言った途端、久仁之助はおびえたような眼つきになった。

「ちょっと、中に行こか」

久仁之助は先に立って玄関を入るなり、奥の引き戸を開けた。走り庭が続いていた。火の気の落ちたおくどさんの前を通り、壁際で立ち止まった。

「何があったんや」

振り向いて訊ねて来た。

「お母さんのこと……」

口は開いたものの言葉が続かない。

「どうしたんや」

久仁之助が顔を寄せてきた。

月江は久仁之助の表情をうかがいながら話し出した。

「お春ちゃん、笛合戦までは旦那さんに恥かかせたらあかん思て、気張って稽古に励んではった。そやさかい、お母さんのことは忘れてはったんや」

久仁之助が息を呑むのがわかった。

「けど、笛合戦がおわると不意に思い出さはったんか、もう祇園には寂しゅうて戻りとうない、出家したいて言い出さはったんや」

「ああ……」

久仁之助は背を向けて壁に額をつけた。

肩が上下に揺れ、大きく溜息をつくのが聞こえた。

「理由《わけ》はそれだけやないやろ。なんかあったんやな」

かすれた声で言いながら、月江を振り返った。目に涙が浮かんでいた。

「頼む、頼むさかい教えてくれ」

久仁之助の顔が苦しそうにゆがんだ。

「なあ、包み隠さず話してくれ」

続く言葉が浮かばなかった。

「隠すな、言え」

久仁之助がいきなり声を荒らげ、月江の胸倉をつかんできた。目を真っ赤に腫らしている。月江は仰天した。

「言わんか」

「苦しい……」

月江は両手で久仁之助の手首を握ったが、力が強くてびくとも動かなかった。

「言うか、言うか」

久仁之助がなおも締め付けてくる。月江はもがいた。

「……わかった……言う。放して……」

ようやく久仁之助の手が緩んだ。

「落ち着いて。ほんまのこと話すさかい……」

月江は呼吸を整え、乱れた襟を直した。

「……実を言うと、あの笛合戦の時なあ、お春ちゃんによう似た尼さんがお忍びで聴きに来たはったんや」

月江が話し出すと、久仁之助がはっとした顔をした。

「もしやお母さんかもしれん思うて、後をつけていったんや。そしたら鞍馬寺の奥にある尼寺に入って行かはった。お春ちゃんに訳を話したら、ぜひ行って確かめたいて言わはってな。そのお寺にお春ちゃんを連れて行ったんや」

「ほんまにお母さんやったんやな……」

久仁之助があえぐように言った。

月江はうなずいた。

「なんでお母さんがそんなとこに」

「かんにんして、詳しい事は話せへんねん」

「何でや」

「尼寺との約束で言えへんのや。わかっておくれやす」

久仁之助の眼差しが切なくて、月江は顔をそむけた。

「そうか……」

力ない声で久仁之助がぽつりと言った。

「ほんで、出家して、お母さんと一緒に暮らすことにしたんか」

「そうどす」

月江が答えると、久仁之助は急に膝から崩れるように土間に座り込んだ。

「もう、あかん……」

涙声でつぶやくのが聞こえた。

月江も脇にしゃがみこんだ。

「つらいことやなあ」

うなだれ、歯をくいしばりながらすすり泣く久仁之助を見ながら、月江は胸が締め付けられそうだった。

戸の向こうで荷物を運ぶ人たちのたてる音が耳についた。

「何ぞわいに言付けでもなかったか」

久仁之助が涙をためた目で月江を見つめてきた。

「へえ、あります」

「何て」

月江は目を閉じ、ふく椿の言葉を思い浮かべた。

「立派な後継ぎになっておくれやす。久仁之助さんの幸せのために笛を吹かせていただきます、って」

「もうほんまに戻って来る気はないんやな……」

嘆息した久仁之助の両手を、月江は包むように握った。

「お春ちゃんはあんたを応援してくれてるやないの。あの子のこともようわかったげてえな。お母さんと会えてよかったやないの。あんたもお春ちゃんを心から祝ってあげとおくれやす」

月江は握った両手に力を込めた。

「お春ちゃん、お母さんと一緒に笛の道を進むんや。あんたも立派な後継ぎにならんと」

久仁之助が顔を上げた。

「わいにできるやろか」

「きっとできる。お春ちゃんが笛吹いて、あんたを守ってくれはる」

久仁之助がかすかにうなずいた。

「もう一つ言付けがあったんえ」

迷った末に月江が言うと、

「なに」

と久仁之助が聞いた。

「今度生まれ変わったら、お嫁さんにしてくださいって」

月江が言うなり、久仁之助の顔が一気にゆがんだ。大きく口を開け、声にならない声を上げた。月江に両手をあずけたまま、はらはらと涙を流して嗚咽する姿は、ただ切なかった。久仁之助の張り裂けそうな泣き声が、月江の胸に響いた。

「若旦那、全部積み終わりました」

表《おもて》で久仁之助を呼ぶ声がした。


雲の切れ間から日が差していたが、肌をなでる風は冷たかった。

月江は療治所に急いだ。

診察が一段落したところのようで、待合の間には誰もいなかった。

「先生、ご報告に上がりました」

月江は書院の方に回り、障子の外から声をかけた。

「お入り」

部屋に入ると、庭に面した文机に向かって源斎は本を開いていた。その横に正座して頭を下げた。

「朝早くに出てしまったから心配しておった。どうだったかね」

源斎が本から顔を上げ、身体ごとこちらを向いた。

月江は今朝からのあらましを告げた。月江が話す間じゅう源斎は腕を組み、目を閉じて聞いていた。

「うまくまとまったようだ。たいへんだったなあ」

目を開け、顔をほころばせた。

月江は安堵のあまり、身体から力が抜けるのを感じた。

「さて……」

源斎が口を開いた。

「月江をそろそろお母さんにお返しせねばな」

微笑みながらそう続けた。

「ちょっと待っておくれやす」

思わず声を上げていた。

「なんでそんなこと言わはるんどすか。うちに何ぞ落ち度があったんどすか。これでもうち、気張ってさせてもろたつもりやったのに」

目頭がかっと熱くなった。

「このまま先生のお手伝いをしとおす。人助けのために生きとおす」

源斎の表情は変わらなかった。

「うち、家を出ます。どうぞ八重さんみたいにお傍においておくれやす」

「それはならぬ」

源斎は表情を消して、文机を向いた。

「この通りおたの申します」

近寄って頭を下げても、返事はなかった。

「何でお願いを聞いていただけへんのどすか。うちは先生のとこで、人として大切なものがあることを学びました。人は助け合うためにいるんどす。人助けするのは悪いことどすか。ええこととちがいますやろか。それやったら、かなえておくれやす」

「考えてごらん。よし屋は宝暦以来続く由緒あるお茶屋。お前はその後継ぎだろう。わしの父もおじいさんもお世話になったところなんだよ。お前は賢い。言わずもがな、わかっているはずだ」

源斎がおもむろに話し出した。

「祇園で芸を披露して、世の中に疲れた男たちを慰めてやるのも立派な人助け。そもそも、お前はお茶屋の娘として生まれ、何もない他の芸子たちに比べると恵まれた身分ではないか。お母さんの後を継いで、よし屋をさらに立派なお茶屋にするのも人助けなのだ」

諭すように源斎は語ったが、月江は耳をふさぎたかった。

「お前も覚えているだろう。わしはお母さんと約束した。この件が済んだら、お前をお返しするとな。気持ちはよくわかるが、わしとても、いかんともしがたいのだ」

源斎はそこまで言うと、立ち上がって月江の肩に手を置いた。

「すまないが、わしはこれから往診の約束がある。しばらく出かけるが、気が収まらぬなら帰ってから今一度話そう」

うなだれたまま月江はうなずいた。障子の開く音がして、源斎が部屋を出ていく気配がした。

一人取り残されると、堰《せき》を切ったように涙があふれてきた。

我に返って周りを見回すと、日が陰ったのか部屋の中はだいぶ薄暗くなっていた。障子を通して入り込む外の明るさに、文机の上がぼんやりと浮かび上がっていた。

机の上の本に目をやると、中神琴渓《なかがみきんけい》の『生生堂治験《せいせいどうちけん》』だった。療治所に入って間もない頃に月江が筆写したものだった。

手に取って開いてみた。暗くて文字は見えにくかったが、中身はよく覚えていた。

本を机に戻し、壁際に黒々とそびえる書棚に目を向けた。その中には月江の筆写した本も何冊かあるはずだった。

「もう触れることもでけへんのやなあ」

無意識に独りごちていた。

薬箱を抱え源斎の背中を追いかけた最初の頃を思い出した。苦しいことも多かったが、それ以上に人の役に立つ喜びの方が大きかった。懸命にやってきたことが、すべて空《むな》しく消えてしまう気がした。


どれほど時がたったか、月江はようやく涙の跡をぬぐって立ち上がった。おくどさんの横中の間の障子を開けて走り庭をのぞくと、みそ汁のにおいがした。

で夕餉の菜を刻んでいるお清の後ろ姿が見えた。

「先生はもうお戻りですか」

その後ろ姿に向かって呼びかけた。

「とうに帰ったはりまっせ」

お清が笑顔で振り向いた。

「すんまへん、先生にお目にかかりとおすのやけど……」

包丁を置くと、お清は笑みを浮かべたまま隣の部屋の障子に向かって声をかけた。

「先生、月江さんが」

「聞こえておる。入りなさい」

月江のいる中の間の隣から声がした。

「お邪魔します」

月江は仕切りの襖を開けた。源斎はちゃぶ台に向かって胡坐《あぐら》をかき焼酎を飲んでいた。

源斎が杯を持ったまま振り返った。伏し目になった眼差しには、いつもの鋭さがなかった。

（先生も悲しんではる）

月江は胸を衝かれた。中へは進まず、その場に腰を下ろした。

「長いことお世話になりました。おおきに、有難うございました」

思わず畳に手をついて頭を下げていた。

源斎は杯を置いた。胡坐を解いて膝を正し、月江を向いた。

「こちらこそ有難う。よう頑張ってくれた。改めて、お母さんのところにお礼に参上する。そう伝えてくれ」

「へえ、お待ちしてます……」

「その折に舞を見せてくれ。芸の奥は深い。しっかり稽古をするんだよ」

「おおきに、また、気張ってお稽古させてもらいます……」

平伏したまま、しばらく動けなかった。

玄関にまわって草履を履き、走り庭に戻ると、八重とお清が立ち話をしていた。

「すんまへん」

声をかけると、二人はそろってこちらを向いた。

「今日でお暇をいただくことになりました。お世話になりました。おおきに、有難うございました」

月江は頭を下げた。

「なんでまた……」

顔を上げると、八重が唖然とした顔つきで月江を見ていた。

「えらい、すんまへん。家の都合があるもんどっさかい」

二人は月江の顔を見つめたまま黙り込んだ。

「……そやな、お茶屋さんの跡取りさんやもんな」

やがて八重が何かわかったという風にうなずいた。

「けど寂しゅうなるなあ……月江ちゃんが抜けたら、先生も困らはりますやろなあ」

お清がしみじみと言葉を継いだ。

「お疲れさんどした。立派な跡取りさんになっておくれやす。気いつけてなあ」

思い直したように、八重が月江の手を取ってきた。

「おおきに、有難うございました」

言葉は返したものの、気持ちはうつろだった。

二人に小さく頭を下げて、そのまま背中を向けた。療治所の外に足を踏みだすと、薄闇があたりを覆っていた。

三

師走の十三日、月江は黒紋付を着て事始めの挨拶に出かけた。この日は、鬼宿日《きしゆくにち》で、鬼が家に引きこもって悪さをしないと言われていた。

比叡《ひえ》おろしが吹き、陰ったかと思うとまたすぐに日が差した。

挨拶回りの芸子や舞子が、風で同じ方向に袖をなびかせ行きかっていた。

いつもの行商の中に、年の瀬の品を売る人たちが交じっていた。おせちの蓮の葉売りや門松《かどまつ》売り、腰に瓢箪《ひょうたん》を吊るした空也堂《くうやどう》の茶筅《ちゃせん》売りも目に入った。

踊り、長唄、常磐津《ときわず》、清元、そして三味線や鼓など、お稽古先の師匠たちの家々を順に回った。玄関口に立って「おめでとうさんどす。来年もよろしゅうに」と頭を下げると、どの家でも「お気張りやす」と言葉が返ってきた。ただそれだけのことだったが、気持ちがすっきりとした。

末吉町に戻った時分にはお茶屋の提灯が輝きだしていた。

最後にふく内に立ち寄った。

「ごめんやす」

月江が玄関をくぐると仲居が出て来た。

「どうぞ、お上がりください。女将さんがお待ちどす」

月江は玄関口の挨拶だけで終わるつもりだった。

(何事やろ)

いぶかしく思いながら仲居の後に従った。

「月江さんがお見えどす」

襖の前で膝をつき、仲居が声をかけた。

「ああ、入っておくれやす」

女将の声が答えた。

仲居が襖を開けた。部屋の中は暖かく酒の匂いがした。喜兵衛が箱火鉢の前に座り杯を持っていた。その前には手のついていない鯖寿司《さばずし》の皿が置いてあった。

「まあ、お座りなさい」

女将が箱火鉢の空いている側に目をやった。

「おめでとうさんどす」

月江は座に着くと両手をついて挨拶した。

喜兵衛がゆっくりと月江を向いた。心なしか頬がこけていた。

「いろいろ世話になったなあ……一言お礼を言いたかった」

気の毒でまっすぐ顔を見られなかった。

「こちらこそ、ようしてもろて。おおきに。ありがとうございました」

喜兵衛は杯を干し、火鉢の火の方へ目をおとした。

「済んでしもたことや、あれこれ考えてもしゃあない思いまっせ。笛合戦が済んだ思たら、もう正月やありまへんか。あれよあれよ、と言うてるうちに、花見になりますわ」

空いた杯に女将が酒を注《つ》いだ。喜兵衛はすぐに口に運んだ。

「あの子の残していった着物やら、帯やら、簪やら、草履やら、抜け殻みたいに残ってますわ。もちろん全部旦那様からいただいたもんどす。うちが大切にあずかってますけど、もったいのおすなあ」

今度は月江が酒を注いだ。喜兵衛はそれもひと息に飲んだ。

「そのうちまた、ええ子を見つけまっさかいに」

女将が言った。喜兵衛は声もなく首を横に振った。

「へえ、笛吹きはおらんかもしれまへんけど、世の中は広おす。踊りやら歌やら上手《うま》い子はぎょうさんおりまっせ。鞍馬寺さんの御加護がありますさかい、必ず見つかりますて……」

「わしはふく椿のことしか考えとうない」

仏頂面で喜兵衛はつぶやいた。

「なんぼお金があったかて、若い娘がおらんと楽しいことあらしまへんやん。花は椿ばかりやのうて、色とりどり、選《よ》り取り見取り……」

女将が首を傾げて喜兵衛の顔をのぞきこんだ。

喜兵衛はぷいと顔を背けたが、ほんの少し口元が緩んで見えた。


あくる日、風は冷たかったが、空は青々と晴れ渡っていた。昼過ぎに国富屋の使いがよし屋を訪れた。紀市が挨拶に来たいという。

約束の刻限になると、紀市が妙香をともなって現れた。

月江は玄関の板敷に喜久江と並んで座り、二人を出迎えた。

「お出でやす」

紀市と妙香が上がり框を上がると、喜久江が先に立って階段を上った。座敷の前で膝をつき、襖を開けた。

「どうぞ中へ」

二人が入ると月江を先に入れ、喜久江は襖を閉めた。

床の間には楽焼《らくやき》の花瓶に蠟梅《ろうばい》が挿してあった。その手前に敷いてあった座布団に、二人は並んで座った。

「よう、お越しくれはりました。今年は有難うございました」

喜久江は月江の隣に腰を下ろすと、改まった口調で挨拶をした。その言葉に合わせて、月江も頭を下げた。

「お茶を用意してまいります」

月江は言って、いったん部屋を後にした。

お盆に煎茶を載せて戻ると、紀市がにこやかに口を開いた。

「月江はん、ちょっと痩せはったんとちゃいますか」

「いえいえ、かえって別嬪さんにならはったわあ」

妙香がにこやかにとりなした。

二人の前に座ってお茶を置きながら、月江は落ち着かない気分になった。

お茶を一口含むと、妙香があらたまった口調で切り出した。

「今年は様々なことで、月江さんには大変お世話になりました。女将さんにもさぞやご迷惑をおかけしたと思います。おかげさまで久仁之助も、国富屋にまいりました。遅くなりましたけど、今日はあらためてお礼にうかがいました」

妙香が両手を突くと、紀市もそれに倣った。

「まあま、どうぞお手をお上げください」

喜久江が慌てて言った。

「久仁之助さん、お元気にされてますか」

二人が顔を上げるのを待って月江が訊ねた。

妙香が月江を向いた。

「なんせ周りは番頭やら、昔からの奉公人ばっかりやさかい心配してましたんや。けど、結構うまいことやってるみたいどす。ありがたいことにうちにまで気を遣《つこ》うて、お母さん、お母さん言うて立ててくれます」

妙香がうれしそうに答えると、紀市が口をはさんだ。

「まだまだや、みんなに敬われるようにならんとあかん」

妙香がたしなめるように首を横に振る。

「いいえ。朝早うから夜遅うまで商売に励んでるやありまへんか。おおらかやさかい、お客さんの誰にでも愛想ようお相手してます。若旦那、若旦那いうて、お客さんに人気がありますのんえ。旦那様に似て頑張り屋どす。このまま真面目に気張ってくれたら、ほんにうれしおす」

「ほんまによろしおしたな」

喜久江がにこやかに応じた。

「久仁之助に聞きましたんやけど、松志摩はんが、お内儀様の言わはることをよう聞いて、お父さんに恥じひんような後継ぎになれ、とまで言わはったとか。さすが祇園、一流どころは肝が据わってはりますなあ」

妙香が感心したように喜久江を向いて言う。

「けど松志摩はん、手塩にかけて育てた久仁之助を手放さはって、さぞお寂しい年の暮れでございましょう……」

「いや、松志摩には笛がある。笛を吹いてる時が一番幸せなんや」

紀市が割って入った。

妙香は苦笑いを浮かべ、首を横に振りながら喜久江を見やった。

「ほんまやったら、うちが子を産んだら……」

続けて言いかけて、言葉が途切れた。

「仏様のおぼしめしや。自分が産んだ子やと思たらええ」

紀市が慰めるように言葉を添えた。

「そうどっせ。お内儀様がしっかりしたはるさかい、国富屋はんもますますご繁盛。久仁之助さんも立派な跡取りさんにならはりますやろ」

喜久江がひときわ明るい声を出した。

隣のお茶屋から賑やかな三味線や歌が響いてきた。

妙香が紀市と顔を見合わせた。確かめるような目配せをして一つうなずくと、二人そろって姿勢を正した。

「実は久仁之助のことどすのやけど」

妙香が神妙な顔つきで口を開いた。

「折り入ってご相談がございます。久仁之助はまだまだ危なっかしいさかい、見てて気が気やないんどす。一日も早《はよ》う身を固めささんと、私らみたいになるやもしれませんで。そこであちこち当たったら、ぎょうさん嫁の候補がありました。けど、久仁之助は、うんと言わしまへんのや」

妙香はちらりと紀市を見やると、身を乗り出した。

「そこで、月江さんやったらどうか、と訊ねてみましたら、乗り気になりましたんや。……そういう次第で、今日はお願いに参ったんどす」

妙香が真顔で言うのを、月江は啞然として聞いた。

(ふく椿ちゃんに会えへんようになって泣いてたくせに……)

喜久江が笑い出した。

「てんご言わんといとくれやす。わがままもんで、失礼ばっかしどしたやろ」

可笑《おか》しさをこらえるようにしながら喜久江が続ける。

「そこまで月江を買《こ》うていただけるなんて、有難いことでございます。けど、久仁之助さんがそちらのお店《たな》に入られたみたいに、人にはそれぞれ、家を守る定めがございます。このよし屋もささやかどすけど、ずっと女だてらに守ってまいりました。何とか気張って、この子に継いでもらいたいと願ってますのや」

最後は諭すような口調だった。

「そうどすか……」

妙香が肩を落とした。

「いやはやおっしゃる通りです。つい欲が出てしまいました。失礼いたしました」

紀市がとり繕《つくろ》うように続けた。

「いえいえ、こちらこそつい笑《わろ》うてしもて失礼いたしました。さあさ、ここらで賑やかにまいりまひょか」

喜久江が二人を交互に見やった。

「ええ年の暮れですなあ。ほんまに今年はありがとうございました」

喜久江の陽気な声にうながされ、月江は酒の準備に立ち上がった。

外玄関を開けると心地よい夜風が吹き抜けた。門口の提灯に照らされて、二丁の駕籠が待っていた。

前方の駕籠に紀市が乗り込んだ。

月江は後ろの駕籠で妙香の手を取り、身をかがめて駕籠に乗るのを手伝った。

「おおきに、またお揃いでお越しやしとくれやす」

ほっと腰を落ち着けた妙香に言葉をかけると、

「おおきに、お気張りやす」

妙香が笑顔で答えた。

喜久江がこちらに来たのと入れ替わりに、月江が紀市の駕籠の横に立った。

「今日はおおきに、ありがとうございました。またお越しやしとくれやす」

頭を下げると、紀市が微笑みながら顔を見上げてきた。

「こちらこそありがとう。月江はん、立派な後継ぎになりなさい」

「おおきに、久仁之助さんによろしゅう伝えとくれやす」

気力を取り戻した紀市の様子に安堵しながら、月江は言葉を返した。

「ほな、よろしゅうに」

喜久江が声をかけると、駕籠が威勢のいい掛け声とともに出発した。

月江は喜久江と並んで手を振って見送った。

ずらりと並んだお茶屋の提灯の間を駕籠は軽やかに進んで行き、やがて見えなくなった。

通りの先に目を置いたまま、喜久江が話し始めた。

「あんた、源斎さんのお役目を立派に果たしたんやなあ。誇らしかったえ。松志摩さんも立派やった。久仁之助さんを手放さはって寂しいやろけど、国富屋さんも救われはったし、めでたしめでたしや」

喜久江がこちらを向いた。

「うちかてわがままばっかし言うてはいられへん。あんたまた、これまで通り源斎さんのお力にならしてもろたらどうえ。あんたに継いでもらえる日まで、お母さん、気張らせてもらいまひょ」

「お母さん……おおきに。すんまへん、ほなもうちょっとだけ……」

「あれ、流れ星や」

月江の言葉が終わらぬ内に、喜久江がはしゃぐような声を上げた。

見上げると、満天の星の中を連れ添うように、二つの流れ星が鞍馬山の方へ落ちていった。しじまの中に、ふく椿の笛が響いてくるようだった。

「母子笛《ははこぶえ》や……」

魔王寺の一室で、ふく椿と母親が笛で語り合っている姿が浮かんできた。思わず喜久江の手を取ると、温かい母の手が握り返してきた。

※この作品はフィクションであり、登場する人物・団体・事件等は、すべて架空のものです。

小学館文庫
好評既刊

姉川忠義
北近江合戦心得〈一〉

井原忠政

ISBN978-4-09-407211-2

姉川の合戦が、弓の名人・与一郎の初陣だった。父・遠藤喜右衛門が壮絶な戦死をとげてから三年、家督を継いだ与一郎と、郎党の大男・武原弁造は、主君・浅井長政率いる四百の兵とともに小谷城の小丸に籠っていた。長政には、三人の女子と二人の男児があった。信長は決して男児を許すまい。嫡男・万福丸を連れて落ち延びよ。長政の主命を受けた与一郎は、菊千代と改名させた万福丸を弟に仕立てて、小谷城を脱出する。目指すは敦賀、供は元山賊の頭目・武原弁造ただ一人。100万部を突破したベストセラー「三河雑兵心得」シリーズの姉妹篇第１作、ついにスタート！

小学館文庫
好評既刊

引越し侍 門出の凶刃

鈴峯紅也

ISBN978-4-09-407347-8

血筋はよくて二枚目で、剣も冴えわたるが、美しい娘にはつい浮かれてしまう内藤三左、二十三歳。一見極楽とんぼだが、無役《むやく》の旗本当主だけに、懐はいつもからっけつ、腹が減っては目を回す日々を送っている。ある晩、小銭を稼ぐため、博徒の親分を警固していると、妙な辻斬りに出くわした。橋の上で四人に囲まれたのだ。得意の剣で切り抜けたが、それがどうやら運の尽きだったらしい。下は定《じょう》町《まち》廻り同心、上は老中を巻き込んでの公儀を揺るがす謀略に挑むハメになり……。果たして三左は役に就《つ》き、飯にありつけるのか？　温《あたた》かくて胸のすく、火花散る時代小説！

恩送り
泥濘の十手

麻宮 好

ISBN978-4-09-407328-7

おまきは岡っ引きの父利助《りすけ》を探していた。火付けの下手人を追ったまま、行方《ゆくえ》知れずになっていたのだ。手がかりは父が遺した、漆《うるし》が塗《ぬ》られた謎の容《い》れ物《もの》の蓋《ふた》だけだ。おまきは材木問屋の息子亀吉、目の見えない少年要《かなめ》の力を借りるが、もつれた糸は解《ほど》けない。そんなある日、大川に揚《あ》がった亡骸《なきがら》の袂《たもと》から漆塗りの容れ物が見つかったと同心の飯倉から報《しら》せが入る。が、なぜか蓋と身が取り違えられているという。父の遺した蓋と亡骸が遺した容れ物は一対だったと判るが……。父は生きているのか、亡骸との繋がりは？　虚を突く真相に落涙する、第一回警察小説新人賞受賞作！

小学館文庫
好評既刊

土下座奉行

伊藤尋也

ISBN978-4-09-407251-8

廻り方同心の小野寺重吾はただならぬものを見てしまった。北町奉行所で土下座をする牧野駿河守《するがのかみ》成綱《なりつな》の姿だ。相手は歳といい、格といい、奉行よりうんと下に見える、どこぞの用人。なのになぜ土下座なのか？　情けないことこの上ない。しかし重吾は奉行の姿に見惚《みと》れていた。まるで茶道の名人か、あるいは剣の達人のする謝罪ではないか、と……。小悪を剣で斬る同心、大悪を土下座で斬る奉行の二人組が、江戸城内の派閥争いがからむ難事件「かんのん盗事件」「竹五郎河童《かっぱ》事件」に挑む！そしていま土下座の奥義が明かされる——能鷹隠《のうよういん》爪《そう》の剣戟《けんげき》捕物、ここに見参！

小学館文庫
好評既刊

勘定侍 柳生真剣勝負〈一〉 召喚

上田秀人

ISBN978-4-09-406743-9

大坂一と言われる唐物問屋淡海《おうみ》屋の孫・一夜は、突然現れた柳生家の者に御家を救えと、無理やり召し出された。ことは、惣目付《そうめつけ》の柳生宗矩《むねのり》が老中・堀田加《か》賀守《がのかみ》より伝えられた、四千石の加増にはじまる。本禄と合わせて一万石、晴れて大名となった柳生家。が、大名を監察する惣目付が大名になっては都合が悪い。案の定、宗矩は役目を解かれ、監察される側に立たされてしまう。惣目付時代に買った恨みから、難癖をつけられぬよう宗矩が考えた秘策が一夜だったのだ。しかしなぜ召し出すのが商人なのか？　迴国中の柳生十兵衛も呼び戻されて……。風雲急を告げる第１弾！

小学館文庫
好評既刊

八丁堀強妻物語

岡本さとる

ISBN978-4-09-407119-1

日本橋にある将軍家御用達の扇店〝善喜堂《ぜんきどう》〟の娘である千秋は、方々の大店から「是非うちの嫁に……」と声がかかるほどの人気者。ただ、どんな良縁が持ち込まれても、どこか物足りなさを感じ首を縦には振らなかった。そんなある日、千秋は常磐津の師匠の家に向かう道中で、八丁堀同心である芦川柳之助と出会い、その凜々しさに一目惚れをしてしまう。こうして心の底から恋うる相手にようやく出会えたのだったが、千秋には柳之助に絶対に言えない、ある秘密があり——。「取次屋栄三」「居酒屋お夏」の大人気作家が描く、涙あり笑いありの新たな夫婦捕物帳、開幕！

小学館文庫
好評既刊

うちの宿六が十手持ちですみません

神楽坂 淳

ISBN978-4-09-406873-3

江戸柳橋で一番人気の芸者の菊弥は、男まさりで気風《きつぷ》がよい。芸は売っても身は売らないを地でいっている。芸者仲間からの信頼も厚い菊弥だが、ただ一つ欠点が。実はダメ男好きなのだ。恋人で岡っ引きの北斗は、どこからどう見てもダメ男。しかも、自分はデキる男と思い込んでいる。なのに恋心が吹っ切れない。その北斗が「菊弥馴染みの大店が盗賊に狙われている」と知らせに来た。が、事件を解決しているのか、引っかき回しているのか分からない北斗を見て、菊弥はひとり呟くのだった。「世間のみなさま、すみません」——気鋭の人気作家が描く、捕物帖第１弾！

小学館文庫
好評既刊

美濃の影軍師

高坂章也

ISBN978-4-09-407320-1

不破与三郎は毎日愚かなふりをしていた。美濃《みの》国主斎藤龍興《たつおき》に仕える西美濃四人衆のひとりである兄の光治《みつはる》にとって、腹違いの自分は家督相続に邪魔な存在だからだ。下手に目を付けられれば、闇討ちされかねない。だが努力の甲斐なく、与三郎は濡《ぬ》れ衣《ぎぬ》を着せられ、斬首を言い渡されてしまう。辛くも立会人の菩提山《ぼだいさん》城主竹中半兵衛に救われるが、不破家家老岸権七《ごんしち》が仕掛けた罠で絶体絶命に……。逃走を図る与三郎の前に、織田家への鞍替《くらが》えと引き換えに助けてやると言う木下藤吉郎《とうきちろう》が現れたが？　青雲の志を抱く侍が竹中半兵衛や木下藤吉郎らの懐刀になるまでを描く！

小学館文庫
好評既刊

死ぬがよく候〈一〉月

坂岡 真

ISBN978-4-09-406644-9

さる由縁《ゆえん》で旅に出た伊坂八郎兵衛は、京の都で命尽きかけていた。「南町の虎」と恐れられた元隠密廻り同心も、さすがに空腹と風雪には耐え切れず、ついに破《や》れ寺《でら》を頼り、草鞋《わらじ》を脱いだ。冷えた粗菜にありついたまではよかったが、胡散臭《うさんくさ》い住職に恩を着せられ、盗まれた本尊を奪い返さねばならぬ羽目に。自棄《やけ》になって島原の廓《くるわ》に繰り出すと、なんと江戸で別れた許嫁《いいなずけ》と瓜二つの、葛葉《くずのは》なる端女郎《はしじょろう》が。一夜の情を交わした翌朝、盗人どもを両断すべく、一条戻橋《いちじょうもどりばし》へ向かった八郎兵衛を待ち受けていたのは……。立身《たつみ》流の秘剣・豪撃《こわうち》が悪党を乱れ斬る、剣豪放浪記第１弾！

ISBN978-4-09-406843-6

小学館文庫
好評既刊

絡繰《からく》り心中〈新装版〉

永井紗耶子

ISBN978-4-09-407315-7

旗本の息子だが、ゆえあって町に暮らし、歌舞伎森田座の笛方見習いをしている遠山金四郎は、早朝の吉原田んぼで花魁《おいらん》の骸《むくろ》を見つけた。昨夜、狂歌師大田南畝《なんぽ》のお供で遊んだ折、隣にいた雛菊《ひなぎく》だ。胸にわだかまりを抱いたまま、小屋に戻った金四郎だったが、南畝のごり押しで、花魁殺しの下手人探しをする羽目に。雛菊に妙な縁のある浮世絵師歌川国貞とともに真相を探り始めると、雛菊は座敷に上がるたび、男へ心中を持ちかけていたと知れる。心中を望む事情を解いたまではいいものの、重荷を背負った金四郎は懊悩《おうのう》し……。直木賞作家の珠玉にして、衝撃のデビュー作。

――本書のプロフィール――

本書は、書き下ろしです。

小学館文庫

祇園《ぎおん》「よし屋《や》」の女医者《おんないしゃ》 母子笛《ははこぶえ》

著者 藤元登四郎《ふじもととしろう》

二〇二四年十月九日　初版第一刷発行

発行人　庄野　樹
発行所　株式会社　小学館
〒一〇一-八〇〇一
東京都千代田区一ツ橋二-三-一
電話　編集〇三-三二三〇-五九五九
　　　販売〇三-五二八一-三五五五
印刷所　———中央精版印刷株式会社

ISBN978-4-09-407397-3